目次

プロローグ　警官(けいかん)

たとえ警官でも、犯人の逮捕に向かう時は気が重い。人が人を拘束するのだから無理もない。どんなに割り切ろうと、相手の負の感情が伝わってこないことはない。だから逮捕の直前まではなるべく他のことを考えようとする。

今エレベーターに乗っている四人の内の一人はこう。

エレベーターに乗ると、大抵の人間は黙るものだ。家族同士友人同士で乗ったとしても、他の誰かが乗り合わせていれば黙る。自分たちだけなのに黙ることもある。狭い空間だから、声が響き過ぎるのだ。

定員は九名と書かれているが、実際に九人が乗ったら本当に狭いだろう。現に四人でも狭い。体格のいい警官の男四人だから狭いのか。行きは四人だが、帰りは五人。もっと狭くなる。

交通違反の取締り中でも、違反者を現行犯逮捕することはある。取締りに従わず、激しく抵抗した場合などだ。決して多くはない。逮捕をチラつかせれば、ほとんどの者は諦(あきら)める。

交通課にいた頃はそうだった。例えば原付バイクの一時停止義務違反で停められて文句を言った若い男も、じゃ、署に行くか？　とこちらが強く出れば大人しくなった。不満を飲み込んで従順になった。

刑事課にいる今は違う。まず、スタートが違う。受動ではなく能動。自ら逮捕に向かう。相手にしてみれば、奇襲を受けるのと同じ。それこそ激しく抵抗する可能性は段違いに高い。

目的の階に着き、エレベーターの扉が開く。

籠（かご）から出て、すぐ右にあるドアの前に立つ。

犯人と話すのは年嵩（としかさ）の警部補一人。だが他の三人も姿は見せる。そうできるようドアの前に集まる。数で圧倒し、逃走は不可能と相手に一瞬で判断させるために。

行くぞ、と一々言ったりはしない。警部補は無言でインタホンのボタンを押す。

木曜日　晴

襲撃　会田望（あいだのぞむ）

空はパステル画に描かれるそれのように澄み渡っている。

彼方（かなた）に浮遊する体をいっぱいに広げた積乱雲も、今は束の間の休息をとっている。

目に映る限りでは、この上なく快適な夏の午前中。でも地表付近にはまるで風が吹かず、湿りけを帯びた空気が否応（いやおう）なく肌にまとわりついてくる。

三十度を遥（はる）かに超えていようというグラウンドに、ようやく試合終了のホイッスルが鳴り響く。

二対一。勝利を収めたのは、ぼくが所属するほうのチームだ。

十一人の選手たちが、それぞれほかのメンバーと手を叩（たた）き合わせながらセンターサークルのところへ集まっていく。

中学校総合体育大会。競技種目、サッカー。支部予選、ブロック準々決勝進出。互いに、礼。

まあ、うれしいんだろうな、と思う。ただし、ぼくのようにベンチに座っているのでなく、ピッチに立っていられるのであればだが。

強い陽射しに汗をきらめかせながらベンチに戻ってくる選手たちに自ら声をかける。いいシュートだったな、歩馬。よく守りきったよ、航陽。

彼らは肉体の酷使とその結果手にした勝利がもたらす高揚感からかなりの興奮状態にある。そんなやつらと会話をするのは好きではないが、今はしかたない。

ひとしきり健闘の称え合いがおこなわれたあとで、部の顧問である国語科教師畑瀬がチーム全員をグラウンドの隅に集め、一人一人に試合の反省点を挙げさせる。

今日は勝つことができたが、あまりいい試合をしたとは思えない。次も勝つためにはどうするべきか。それが畑瀬の掲げたテーマだ。

畑瀬は二十八歳。ぼくのクラスの副担任。

でもぼくがこの畑瀬と話をすることはまずないと言っていい。

彼が国語の授業中にぼくを指名するのは、列の先頭から指していき、次の者、が偶然にもぼくであった場合のみ。

またぼくの名前を呼ぶのは、せいぜい担任の英語科女性教師佐川が子どもの病気を理由に学校を休み、代わりに出欠をとる羽目になったときぐらいのものだろう。

面倒であるとはいえ、これには返事をしないわけにもいかない。出席番号一番、会田望。はい。

試合に出場していたレギュラーメンバーたちから始まり、ベンチウォーマーの三年生、二年生、そしてタッチラインから出たボールを追って奔走していた一年生までもが試合の反省点を挙げていく。

別にお前らの言うことなんか聞きたくないよ、との表情を見え隠れさせる選手たち。内容を聞いているというよりは全員がしゃべり終えるのをただ待っている様子の畑瀬。中には、攻撃時のサイドチェンジが少なかったとか、相手フォワードにディフェンスの裏をとられ過ぎていたとか、そんな専門的なことを口にする者もいる。でもそれ以外は当たり障りのない意見がずらずらと羅列されていくだけだ。

声が出ていなかった。後半、スタミナが切れた。細かなミスをなくせばもっとよかった。などなど。

実際、目を引くプレーをしていたのは大人並みの体格を誇るゴールキーパーの航陽ただ一人だ。フォワード歩馬の決勝点にいたっては、限りなくオウンゴールに近いごっつぁんゴール。

対して、失点はどう見てもこちらのセンターバックの怠慢プレーによるものだが、それをずばりと指摘する者はいない。いつだってそうだ。約束事をこなすだけのこんな場面を何度もくり返すことで、教育は形を成していく。

かくいうぼくも、自分の順番になると、充分にもったいをつけた上でこう発言する。

「やっぱり声が出てなかったし、全体的に運動量も少なかったように思います」

声を出すぐらいで試合に勝てると思ってる者などいやしない。ぼくだって、本当に思っているのはこんなことだ。何だよ、負けてくれればよかったのに。

今回の勝利のせいで、あさってまたこの競技場に来なければならなくなった。暑いさなか、観たくもない中学生のサッカーの試合を観るために電車とバスに乗るのは気が進まない。

今日だって、こんな場所にいる予定ではなかった。そもそもぼくは、チームの試合日程さえ知らなかったくらいなのだ。

それが昨日、畑瀬のやつが自宅へ電話をかけてきて、お前もサッカー部員なのだから最後の試合にはけじめとして顔を出せ、と言った。そこでしかたなく足を運んだという次第なのだ。

最後の試合。けじめ。

ありきたりでつまらない言葉を国語教師がよく平気で口にするものだと思う。

半年前から、ぼくは部の練習に参加していない。レギュラーになれないとわかった以上、練習を続けることに意味はない。他人が四方八方に蹴（け）り散らしたボールを拾い集めるのはごめんだ。誰だって、体のいい奴隷になどなりたくはない。

そんなわけで、一年生のときに買ったフランスのスタープレーヤーの名を冠したスパイクもとっくの昔に捨ててしまった。

ダメだとわかったら見切りをつける。学校というところは、そんな対処の仕方を教えてこなかったことを反省すべきだろう。

そうした努力を怠ったため、どうでもいいことにいつまでもへばりつく大人たちが量産されてしまったのだから。


午後は、夏休みなのに学校に行く。

一学期末におこなわれていた学力テストの結果を見て進学先を検討する、教師と生徒とその親との三者面談が実施されることになっているからだ。

放課後の面談では生徒一人に割り振られる時間が短くて実のある話し合いができない。ということで、一部の熱心な親たちから、夏休みのあいだにその機会を設けてほしいとの要望が出されていたらしい。

面談は木曜から土曜までの三日間。午前と午後に分けて実施され、生徒一人につき二十分の時間がとられている。従来よりたった五分延びただけ。ぼくの順番は今日木曜の最後、三時四十分からだ。

学校なので、もちろん、制服。夏服だが、半袖ワイシャツのボタンは一番上まで留める。面談だからではない。いつもそうなのだ。ボタンを外すのが格好いいと思っているようなやつはバカに見える。例えばサッカー部の歩馬とか。

それは髪型も同じ。校則で髪型を規制するのはバカだが、わざわざ違反するのもバカだ。取締る教師と取締られる生徒。やはりどちらもバカに見える。サッカー部内でそれをやっている畑瀬も歩馬も。

事前に母親と顔を合わせたくないので、時刻ちょうどに自分の教室がある校舎三階に行く。

面談は予定より遅れているらしく、廊下に並べられた椅子には、ぼくの母親のほか、クラスの女子生徒とその母親が座っている。

廊下の端からでも、その三人が和やかに話をしているのがわかる。大方、ぼくの母親が、訊かれてもいないのに息子の志望校を明かしたりしていたのだろう。

そこへは加わらず、二階の音楽準備室に行く。

去年からコツを覚えていたドアを微妙にしならせるやり方で鍵を開け、中に入って鍵をかける。

普段この部屋を使用している音楽教師も三年生の担任なので、ここに来ないことはわかっている。二十分は時間の余裕があるはずだ。

デスクに置かれたCDラジオに教師がよく生徒たちに聞かせるビートルズのCDを入れ、再生ボタンを押す。

音楽が流れてくると、肘掛け椅子にもたれて座り、スマホをパンツのポケットから取りだして、留奈に電話をかける。

「もしもし」

「もしもし。望がかけてくるなんて珍しい。何？」

「今どこにいる？」

「外」

「外って？」

「公園」

「暑いのに？」

「暑いのに」

「一人？」

「ううん。友だちと一緒」

「男？」

「いいでしょ、そんなこと」

「これから面談なんだよ」

「あぁ、今日なんだ？　わたし明日。で、何？」

「別に用はないけど」

「何となく声が聞きたくて、みたいなやつ？」

「まあ、そうかな」

適当な話題がないかと思案する。

用もないのにかける電話。一体何なのだろう。特に留奈の声が聞きたかったわけではないし、話し相手がほしかったわけでもない。留奈を選んだのは、頭が悪い男と話すよりは頭が悪い女と話すほうが楽だから。

だとすれば、自分が電話をかけることで誰かの手を煩わせたいということになるのかもしれないが、それをたやすく認めてしまうのも考えものだ。

「ねぇ」

「ん？」

「何で音楽が聞こえてるの？」

「さあ。何でだろう」

流れている曲はこれ。授業中はあまりかけられることがない『デイ・トリッパー』。

ぼくはビートルズが嫌いだ。初めて聞かされた場所が学校の音楽室だったからにちがいない。

　さらに言うなら、ぼくは授業中にビートルズを聞かせるような音楽教師も嫌いだ。何よりもまず、その手の陳腐な媚の売り方が嫌いだ。

　音楽教師なら、変に理解のあるふりをしていないで、例えばバッハやモーツァルトのよさを生徒たちに的確に伝えるべきだと思う。一つでも多くの耳をそちらに向けさせる努力をするべきだと思う。

　と、まあ、そんなどうでもいいことを留奈にきっちり十五分話して通話を終える。そしてCDを止めて音楽準備室を出る。鍵は開けたままだ。外からは閉められないので。


　上の階では、ぼくの母親と担任の佐川がぼくを捜している。

　そこへちょうどぼくが現れ、母親が謝り、佐川が苦笑する。

　三者が教室に入り、一対二という形でセットされた席に着く。面談が始まる。

　ぼくはただうなずいていればそれでいい。会話は二人の大人たちが担当する。

　話は簡単だ。この場で検討されるべき事柄など何もない。ぼくの受験予定校は、公立が一つに私立が二つ。学力レベルとしては、私立、公立、私立、の順。

「先生、見通しはどうでしょうか」

「現在の状態をキープできればどこもだいじょうぶだと思います。もちろん、油断は禁物ですけれども」

現在の状態、というその言葉にぼくはつい笑いそうになる。よりにもよってこの二人が、ぼくの現在の状態について何を知っているというのだ。

受験の話がすむと、たいていの母親たちがそうであるように、ぼくの母親も自分がいかにものわかりのいい人間であるかを示そうとし始める。

それには佐川も素早く対応する。名だたる進学校におそらくは合格するであろう生徒を受けもつことの喜びについて、巧みに言葉を選びながら話す。子どもの病気にかこつけて学校を休むそのあいだも進路指導のことばかり考えている、と自分でさえそう思いかけているような調子で。

そんな無害だが有益でもない会話も一段落すると、佐川が言う。

「そうだ。副担任の畑瀬先生がね、会田君があまり自分としゃべってくれないと言ってたんだけど。そうなの？」

母親が横からぼくの顔を見る。

余計なことを口にするべきではない。ぼくは言う。

「そんなことないですよ」

「本当？　それならいいんだけど」

まったくもって、畑瀬らしいやり口だ。第三者を巻きこむことで保身を図る。つまり早い者勝ち、言った者勝ちだ。

明白な事実を述べるといった口調で、ぼくは言う。

「畑瀬先生がぼくを嫌いなんじゃないですか？　しかたないですよ。好き嫌いは誰にでもあるから」

そして二十分が過ぎ、佐川は、もう少し話していたいのはやまやまだが各生徒は公平に扱わなければいけないのでそろそろ面談を切り上げたい、といった態度を見せはじめる。広げていたぼくの成績に関する書類を束ね、意味もなくそれらを二つ折りにする。

「それでは、お母様のほうから何かありますか？」

「あの」そこで間を置くことで控えめな感じを出しながら母親が言う。「例のひったくり事件の犯人はこの辺りの中学生か高校生じゃないかという噂がありますけれど。まさかこの学校の生徒さんが、ということはないですよね？」

「そうではないとわたしは考えていますよ」と佐川が笑みを見せて言う。ご心配には及びません。そんな笑みだ。

「これじゃあ、こわくて夜は出歩けませんもの。女の子のお子さんをお持ちの親御さんは不安でたまらないでしょうね」

「おっしゃるとおりだと思います」

「早々に犯人が捕まることを願ってますよ」

「わたしも同じ気持ちです。ではこれで」

「はい」

母親はもう少し気の利いたことを話せるのだとアピールしたそうな様子だが、同時に、予定時間を超えてまでそうするのはスマートではないと判断したようでもある。

「わたしはここで書類を整理していきますので」

「今日はありがとうございました。これからも望のことをよろしくお願いします」

面談は終了する。

廊下に出る際、母親は念入りに頭を下げ、静かに教室のドアを閉める。

それから黙って階段を下り、玄関でスリッパから靴に履き替える。

「よさそうな先生ね」と母親が言い、

「普通だよ」とぼくが言う。


夜。ぼくは五度めの襲撃にかかる。

時刻は午後九時。進学塾の授業が終わると、一人で町をさまよう。

今はもう制服ではない。私服。それでもシャツのボタンは一番上まで留める。外すことで格好をつけるバカに見られたくないから。

塾から一キロほど離れたところにある人けのない公園のわきでしばらく待ちかまえていると、うまい具合に二十代半ばの女が通りかかる。

酒を飲んでの帰り道らしく、おぼつかないとはいかないまでも、足どりに力強さは感じられない。アルコールの作用で思考が鈍り、普段なら歩くことのないそんな寂しい道を歩く気になったのだろう。自業自得だ。

キャップを目深にかぶり、ぼくはゆっくりと背後から女に近づいていく。

仮に女が気配を感じて振り向いたとしてもひるむことはない。どう見たってぼくは塾帰りの中学生なのだから、ほとんどの女はぼくの姿を見て安堵する。女が警戒を解いて再び前を向いたらそのときは計画を実行するし、反対に警戒を強めるようならあきらめて別の標的を探すだけのこと。

今回のこの女は、振り向かない。そんなそぶりさえ見せない。

足音を潜めながらも一気にダッシュをかけ、背中に飛び蹴りを食らわせる。

女は前のめりに倒れ、ハンドバッグが路面に落ちる。

ぼくは素早くそれを拾い上げると、速度を落とさずに走り、角を四度曲がる。

その間、女の悲鳴のようなものは聞こえてこない。突然の出来事に呆然としていたのかもしれない。そう。人間、ある程度の心がまえがなければ、とっさに悲鳴を上げたりはできないのだ。

別の公園のわきに駐めておいた自転車に乗ってさらに現場から離れ、閉鎖されたばかりのスーパーの駐車場に行く。

そこで、不規則に点滅する照明のもと、獲物を確認する。

ハンドバッグに入っていたのは、財布、手帳、ボールペン、口紅やファンデーションなどのメイク道具、ハンカチ、ティッシュペーパー、そして二個のコンドーム。

衣服のポケットに入れていたのか、スマホはなし。財布にはクレジットカードとICカード定期券があるが、現金は七千円のほかに小銭が少し。

いつものように現金だけを自分のパンツのポケットに収める。

二枚のカードは持っていたナイフで切り刻む。手帳の記述がある部分はすべて破り、ハンドバッグは持ち手を引きちぎる。それらは用意していた湊市指定のごみ袋に入れ、近くのごみ置場に置く。

襲撃とその後処理に費やした時間は約四十分。

収穫、七千円強。

今回は負けだ。

これまでで最も大きな稼ぎは、二度めのときの八万円。相手はやはり二十代半ば。さっきのよりはずっと地味な女だったが、巧妙にぼくを欺いてくれた。

ビニールレザーを貼り合わせただけの安っぽい財布から一万円札が八枚出てきたときは声を上げて驚いた。今日は判断を誤ったが、そこでぼくは標的を外見だけで選ぶべきではないことを知ったのだ。

襲撃の標的は女。これは初めから決めている。

老人や中年は狙わない。老人はおかしな転び方をされて死なれでもしたらことが大きくなるし、中年は恥も外聞もなくわめき散らすことが予想される。中学生や高校生は論外。大した収穫が期待できない。だから二十代。恥と外聞を大いに重視する年代。

これまでの四度の襲撃の中ではっきりとした事件になったのは二度めだけ。この二度めは新聞の地域欄に載り、学校でも話題になった。

副担任の畑瀬は、担任の佐川が休んだ日のホームルームでこんな演説をぶった。

女性を狙った卑劣なひったくり事件が起きている。犯人は中学生か高校生のようだが、誰であるにせよ、自分より弱い者を狙うのがアンフェアなことだけは確かで、実に嘆かわしい事態だ。云々(うんぬん)。

アンフェアは、畑瀬の口癖になっている言葉だ。国語の授業中にも部活の指導中にもよく使う。せめて日本語で言えばいいのに。国語教師なのだから。

所詮(しょせん)、こうした事柄に対して教師が言えるのはその程度でしかない。それこそが実に嘆かわしい事態だが、まあ、ぼくとしては今さら何の意見もない。

ベンチを守る補欠がいるからレギュラーが安心してプレーできる。そんなことをいまだに臆面（おくめん）もなく口にできる畑瀬に、自分より弱い者を襲うことはアンフェアでも何でもないと力説しても始まらない。

ただ、だからといって、彼が定義する安上がりなフェアを実践したくはない。

と、ぼくが思うのは要するにそんなところだ。

襲撃のあとに必ず余韻として残る肌の火照りを感じながら、自転車に乗って自宅へと向かう。片足を引きずり気味に歩いている二十代の男を追い抜くと、周りに人影はなくなる。

塾は普段利用する駅から一つ下った駅の近くにあるので、行き帰りは鉄道高架沿いの道を通ることになる。

高架を挟んで片側二車線という広い道だが、この時間は車の通りもほとんどない。だからぼくはやはり広い歩道をゆっくりと走りながら、頭の中で次の襲撃プランを練る。

今この町でひったくり事件をまったく恐れていないのは犯人のぼくだけだろうな、と思い、少し笑う。

やがて前方に現れた女子高生の後ろ姿を無意識に視線が追う。

極限まで短いチェック柄のスカートからすらりとのびた彼女の足が、街灯のもとで妙な明るさを醸（かも）している。

追い抜き際、彼女が言う。

「あ、ねぇ」

イヤホンマイクで誰かと話しているのだと思い、ぼくはそのまま行こうとする。

でも彼女の声はこう続く。

「ねぇ、ちょっと」

自転車を停め、振り向く。

「駅のほうまで行かない？」

「行かないことはないけど」

「よかった。じゃあさ、後ろに乗せて」

「え？」

小走りに寄ってくると、彼女は横からぼくの顔を覗（のぞ）きこむ。

「お願い。一人で歩いて帰るの、こわいの。ね？」

「いや、でも」

どうしようか迷っているうちに、彼女は自転車の荷台に座ってしまう。

　といって、それからでも断ることはできるが、ぼくは断らない。七千円強という収穫に不満があるからかもしれない。得られる何かを得たいという欲求があるからかもしれない。

「中学生？」と彼女が尋ねてくる。

「そう」と答え、ぼくは自転車を漕ぎはじめる。

　百六十センチはありそうな身長のわりに彼女の体重は軽い。二人乗りをしている感覚はあまりない。

「何年？」と彼女が言い、

「三年」とぼくが言う。

「じゃ、塾の帰りだ」

「まあね」

「こんなに遅くまでなんて大変だね」

「そうでもないよ。ほんとならこんなに遅くはならない」

「じゃあ、何？　遊んでたわけ？」

「そっちこそ」

「わたしはバイトだよ。といっても、九時までだけど」

「やっぱ遊んでんじゃん」

「そりゃそうよ。せっかくの夏休みだもん。あ〜、でも、ほんと、助かっちゃった。夜道を一人でなんて歩きたくないもんね」

「歩いてたよ」

「ちょっと友だちのとこに寄ったの。で、向こうの駅まで引き返すのもバカらしいから、歩き」

「夏休みなのに、何で制服？」と尋ねてみる。

「野球の応援。ウチの学校、いいとこまで勝ち進んじゃって。それで生徒が応援に駆り出されたわけ」

「あぁ」

「ほぼ強制。日焼けしちゃうっつうの。でも負けてくれたからもう行かない。ラッキー。野球部の子には悪いけど」

レギュラーの子に悪いだけ。補欠の中にはもう負けてくれと思ってるやつもいるよ。そう言いそうになるが、言わない。そんな話に興味があるようにも見えないから。

そして彼女は勝手に自己紹介をする。ぼくが訊いてもいないのにだ。

名前は児島理絵（こじまりえ）。私立高の二年生。男友だちはたくさんいるが、現在カレシはいない。バイトは午後四時から午後九時まで。基本的には週三だが、夏休みに入った今は店からの要望もあって五日に増やしている。

わずか三十秒のあいだにそれだけの個人情報をぼくに伝えると、理絵は続けてこんなことを言う。

「そうだ。ねぇ、お礼に何がしてほしい？」

「お礼？」と訊き返す。「何だ、お礼って」

「こうやって乗せてくれたことへのお礼だよ。何かしてほしいこと、ない？」

「いいよ、別に」

「遠慮しなくていいからさ、駅に着くまでに考えなよ」

ぼくはその言葉について考える。お礼。自転車の後ろに乗せて駅まで送ってやることに対しての、お礼。

しばらく黙ったあとで言う。

「じゃあ、考えた」

「もう？　何？」

「セックスがしたい。セックスさせてくれよ」

「は？」

「セックスだよ。裸で抱き合うやつ」

「マジで言ってる？」

「マジで言ってるよ」

「ヤラしい。ほかにないの？」

「ほかにはないよ。何かないかって訊かれたから答えただけ。いやならいいよ」

　ぼくは童貞だ。そしてその言葉と意味を知ってしまった以上、自分がそうだとの意識を引きずっていくのはいやだと思いはじめていたところなので、これはいい機会だと認識した。もちろん、理絵が簡単にオーケーするとは思わなかったが、少なくとも提案してみる価値がある機会だとは思った。

　今度は理絵が黙って考える。先のぼくほどは長くない。すぐに言う。

「明日の午後、ウチに来られる？」

「明日は塾があるな」

「そのくらい自分で何とかしてよ」

「それはどうにでもなるけど。ウチってどこ？」

「湊レジデンス」

「何だ。同じだよ」

「ほんとに？　わたし、A棟」

「おれもA」

「一二〇一」

「一〇〇三」

「エレベーターがちがうんだ。だから会わないのか」

「みたいね」

住んでいる棟が同じというだけ。別に大した偶然でもないが、理絵は何だかやけにうれしそうに言う。

「でも信じらんない」

ぼくは言う。

「信じられるよ。狭苦しい町なんだから」

追撃　根岸英仁（ねぎしひでひと）

ハガキや封書などの小型郵便物が矢継ぎ早に吸い上げられていく。

伸縮性に乏しい幅十センチほどのゴムベルトがそれらを両面から挟み込み、配達先の番地が設定された各ポケットへと運ぶ。

ケースに向きを揃えて並べられた郵便物を五十通ぐらいつかみ、間を空けないようひたすら区分機の置台に載せる。

正面、顔よりやや下に位置するパネルが、その全体数と読み取りのパーセンテージを素早く表示する。全長二十メートル近くにもなる機械が作動時に出す音はかなりの大きさだが、耳はすでに慣れてる。

後二十年、もしくは十年、と俺は考える。そのくらいの時間が経てば、郵便物なんてものは激減するに違いない。残るのは小包や書留だけ。私信に関してはほぼ全滅と言っていいだろう。行き場を失った奴の受け皿的な側面もあったこの深夜勤務のアルバイトも徹底的に人員を削減されるはずだ。

二十年。ＩＴ機器を使いこなせない人間たちが絶滅するのを待つ期間。ちょっと長過ぎるような気もするが。

この局には、現在、深夜勤務のアルバイトが全部で三十名ほどいる。年齢は二十代から五十代。先月までは元局員の六十代もいた。与えられた仕事は無難にこなす奴。与えられた仕事以上をこなそうとする奴。手を抜くことに腐心する奴。ただそこにいるだけの奴。

アルバイトの多くは、普通、立ちっぱなしになることを嫌い、機械をかけたがらない。

俺は、到着した郵便物から機械にかけられそうなものを抜き出す作業をするよりは機械をかけてる方が好きだ。

何故って、その方が時間の経過が早く感じられるから。そして、流れに乗って機械と同化することにはある種の安らぎを覚えるから。実際、俺は時々、人間でいるくらいなら機械でいる方が楽かもな、と思う。

途中で区分機が自動的に停まると、パネルに示された番号のところへ行き、それが何の異常によるものかを確認する。

原因は、封筒を突き破って外に出た鍵であったり、不法混入の硬貨であったり、はがれ落ちた切手であったり、機械の各パーツ間に積もった埃(ほこり)であったりする。

俺は掃除機やらブロワーやらピンセットやら自分の指やらでそれらを取り除くと、クリアボタンを押して再始動させる。

そんなふうに区分機を夜通しかけ続け、かけ終えることなく、午前七時に次の人たちと交替する。おはようございます、お願いします、と言い、おはよう、ご苦労さん、との言葉を聞いて。

何も生み出さない仕事。右から左へとまさに物を動かすだけの仕事。

それが俺の、仕事。


朝、勤務を終えて帰路に就く俺の足取りは重い。徒歩十分の道のりが、今はその何倍にも感じられる。

真っ白なブラウスを着た大学生っぽい女が、膝上(ひざうえ)までのスカートを右手で押さえながら自転車に乗り、横を通り過ぎていく。

彼女の前髪が朝の風になびき、それが残像として目の端を彷徨(さまよ)う。うなじでも観賞してやろうと思うが、実際に振り向くほどの気力はどこからも湧いてこない。

代わりに俺は、これまでの彼女の行動を想像する。

スマホのアラームを止め、起きて顔を洗い、髪も洗い、軽めの朝食を摂(と)り、もしくは摂らずに、ナチュラルメイクをし、誰も見てないのにつけられてたＮＨＫのテレビで正確な時刻を確認し、家を出て、快速の発車時刻に合わせた速度で自転車を漕ぎ、この俺とすれ違っていく。

普段通りの朝。彼女にとっては今こそが朝だ。終わるのでなく、これから日が始まる。

左右を見ずに赤信号で横断歩道を渡り、一戸建てが集まる地区に入る。

小学校の角、フェンスのすぐ内側に白い立て看板がある。そこには、五年　組の立石(たていし)千鶴(ちづる)さん考案の、いつでも思いやりの持てる子、という標語が毛筆体で書かれてる。

立石千鶴さん。クラス委員タイプだろうな。間違いなく、教師が求める答を的確に返せる理想的な児童だろう。

だが。

思いやりの持てる子と、重い槍(やり)の持てる子。世界のどこか紛争の多発する地域でなら、重宝されるのは後者だ。

そんなことを考え、苦々しく笑う。

くだらない。仕事明けで疲れ切った脳が排出する、朝のダジャレ。

高校や幼稚園へと続く歩道を、一人、ゆっくりと歩く。

俺が前を行く女を追いかけ、結果として事故に遭った、歩道。当時は暗くて見通しも悪かったが、その後工事の手が入り、緑地帯が丸ごと削り取られて車道よりも広くなった、歩道。

今から一年以上前。

そろそろ日付も変わろうかという時間帯。

この歩道を歩いてた俺の十数メートル先を、一人の女が歩いてた。

帰宅途中のその女は、チラチラと何度も俺の方を見た。進んで夜の一人歩きをしたくなる場所ではなかったから、まあ、無理のない話ではある。

普通に歩くと追いついてしまうはずだったが、俺はあえて速度を落とし、いつも以上に靴の踵を引きずることであからさまに音を立てた。

自分が無害な存在であることを示したつもりだった。夜道を怖がる女をかわいいと思い、たとえどこからか変態野郎が飛び出してきたとしてもこの俺がいるんだから心配することはないじゃないか、と思った。

女の規則的な靴音が心地よく耳に響き、俺はその束の間の散歩を楽しんだ。が、女が幼稚園と高校の間の道へと曲がり、俺の視界から消えたその時。突如として足音は大きく小刻みなものへと変わった。女が走り出したのだ。

変な女。

ぼんやりそう考えた後で、俺はようやく事情を理解した。女は警戒を貫いた。つまり俺を無害とは見なさなかったわけだ。

「マジかよ」

まず天を仰ぎ、次いで路面に唾を吐いた。

ありがちなことといえばありがちなこと。だが俺は何もしてない。女の跡を尾けてたわけでもない。電車に乗り、帰ってきただけだ。駅から出て、歩いてただけだ。

「自意識過剰だろ」

女を追いかけて説明するべきであるような気がした。というより、説明を求めるべきであるような気がした。

俺は少し酔ってた。ほどよいアルコールが、行動へとつながる思考の回路を簡略化した。靴の底は、その時点ですでにアスファルトの路面を蹴り出してた。

角を曲がると、今にもつんのめりそうな格好で走る女の後ろ姿が目に入った。スカートにパンプスで走る女を無様だと思った。さっきまではかわいかったがもうかわいくないな、とも。

そこから俺の記憶はあやふやになる。

女は俺の先を走り続けただろうし、俺は女を追い、自分たちの距離をあっという間に詰めただろう。やや演技がかった口調で、ちょっと待てよ、くらいのことは言ったかもしれない。

が、あくまでも推測。事実がどうであったかはわからない。その直後、一戸建てばかりが集まったその区画を何故か猛スピードで走り抜けようとした車に、俺は見事なタイミングで撥ね飛ばされてしまったので。

そして今。

広く見通しがよくなったこの歩道では、ざっと確認できるだけで、一人が犬の散歩、二人がジョギングをしてる。

住宅地の朝。住人の誰もが、こうありたい、こうあるべきだと想定してる住宅地の朝。

だが安穏としたこの辺りにも、時として殺人事件が起こる。

といって、二年に一度くらいだし、多くの人々の身近で起こるわけではないから結局は忘れられてしまうが、それでも二キロ四方の範囲で定期的に起きてはいる。

これだけの数の人間が集まって暮らしてる以上、殺人事件の一つも起こらない方がおかしいのだ。

小さな事件ならいくつも起きてる。中高生によるものと思われるひったくり程度のことは頻繁に起きてる。

今やすっかりオールドタウンと化してしまったかつてのニュータウン。このままひたすら停滞を続けるのであろうベッドタウン。

この歩道や緑地公園など、こぎれいに整えられたものも多いが。よく目を凝らして見てみれば、得体の知れない車が駐車違反の黄色い札を二ヵ所に付けられたまま一ヵ月近くも路上に駐まり、水の汚れきった川では不法繋留（けいりゅう）のモーターボートが朽ち果ててる。

そんな、愛すべき我が町。

愛（いと）しさ余って憎さ千倍の、我が町。


木曜日にはカップラーメンを買いに行く。

アルバイトは、日、月、火、水、の四日。だから、休みの初日の木曜日に翌週の夜食用の四個をまとめ買いすることにしてるのだ。夜食といっても、昼間働いてる人に当てはめれば昼食だが。

俺が住むマンション湊レジデンスから歩いて十五分のところにあるスーパー。この半年というもの、毎週木曜日には必ずこの店を訪れてる。そうしなかったことはただの一度もない。

カップ麺の商品棚に直行すると、俺は早速その値段をチェックしにかかる。

三階建ての大型スーパーが駅前にできてから、周辺にある小規模のスーパーは軒並み閉店に追い込まれてるが、この店は扱う商品をこまめに替えたり、時折驚くほど安値の物を出したりするという戦略でどうにか持ち堪えてる。

その驚くほど安値の物に自分のほしい、もしくは買ってもいいカップラーメンが含まれてないか、それをチェックするのだ。

買うのはカップラーメン四個だけ。家計を預かる主婦じゃあるまいし、どんなに安くなってようと不要な物を買うことはない。

というわけで、俺は四種類を黄色い買物籠に収める。しょうゆ味、みそ味、しお味、それにワンタン麺。

「ラーメンばっかり、じゃないですか？」とレジの女の子に言われる。「それも、いつも決まって四個、ですよね？」

唇とアイラインにだけ細工を施したメイクと大人しい髪の染め具合からして、たぶん、高校生。二ヵ月ぐらい前から見るようになった顔だ。

どう返事をしようか迷った末に、俺は言う。

「好きなんだよ」

言った後で、だからほっといてくれ、というふうに聞こえたのではないかとやや不安になる。

そこで、大したフォローにもならないと知りながら、こんな言葉を付け加える。

「よく覚えてるね」

「ここ、駅前のお店にお客さんをとられちゃってるから、正直、暇なんですよ。レジもこんなふうに一人かせいぜい二人ってことが多いから退屈で。だから動くものについ目がいっちゃうの」

「動くもの、か」

「あ、それは失礼だ。ごめんなさい」

「別にいいよ。確かに動くものだし」

彼女は俺の目を見てクニャッと柔らかく笑う。

俺もつられてぎこちなく笑い、ゆっくりと視線を下げる。

紺色のエプロンの胸に付けられた手書きの名札。児島。漢字の上にひらがなで小さく、こじま。

小島じゃないとこがいい。児島。何というか、少し手がかかってる感じがする。

「それで思ったんですけど」とその児島さんが言う。「お客さんて、カップラーメンを選ぶのに結構時間かけますよね?」

「そうかな」

「わたしなら二秒ですよ。これでいいやって感じで。だって、カップラーメンなんてどれも一緒じゃないですか」

「そんなことないよ。ラーメンに限定するとしたって、麺の種類だけで最低三つはある。それも、かなり大ざっぱな分け方でね」

「へぇ、知らなかった。お客さんはどれが好きなんですか?」

「ノンフライ麺だね」

「ノンフライ麺。それって、どう違うんですか? 普通のと」

「油で揚げてないんだよ」

「あぁ。あの、最初から軟らかくて、湯切りとかしちゃうやつ?」

「いや、あれとはまた違う。それも三つの内の一つではあるけど。えーと、どう言えばいいだろう。硬くてパリパリはパリパリだけど、カップにぴったりはまるような形にはなってない。と、これでわかる?」

「わかるような気はするけど」と児島さんは明らかにわかってない感じで言う。「でも、何でそれでなきゃ駄目なんですか?」

「駄目ってことはないんだけど。その方がカロリーが低かったりするんだよ」

「カロリー?」

「そう。油で揚げてない分、抑えめなの」

「すごい！　わたし、カップラーメンのカロリーなんて考えたことない。お客さん、かなり痩(や)せてるのに、まだ痩せたいんですか?」

「そういうわけでもないよ。といって、太りたくもないけど。無駄にこってりしてるのがいやなんだな」

「何かいいですね、それ」

「ん?」

「無駄にこってりっていうの。お箸(はし)、もっと要ります?」

「あぁ。くれるなら」

「ほんとは駄目なんですけど、店長には内緒で」

そう言って、児島さんはそれとなく周囲に目をやりながら、割り箸(ばし)を三本余計にレジ袋に入れてくれる。

「また来てくださいね」

「うん」

ペコリと頭を下げてから、店員らしい顔つきに戻り、児島さんは言う。

「ありがとうございました」

閑散とした潰れかけのスーパーにはあまりそぐわない柑橘系の香りが俺の鼻を刺激する。そのそぐわなさは悪くない。

みそ汁なら減塩、牛乳なら低脂肪、ジュースなら果汁百パーセント、ガムならシュガーレス。そんな奴に見られたかもな、と思う。


行こうか行くまいか迷った中学の同窓会。その会場に俺はいる。そして、来たのはやはり間違いだったと考えてる。

場所は、普段利用する駅から一つ下った駅の近くにある洋風居酒屋。

どうしてわざわざそちらへ足を延ばさなければならないかと言うと、理由は簡単、そこまで行かないと居酒屋らしい居酒屋がないからだ。

俺が利用する駅の周辺は実に健全なもので、店は大型スーパーとファミレスしかない。居酒屋はないし、パチンコ屋もない。

子どもたちに悪影響を及ぼすものは造らせない、との住民の意思の反映と言えば聞こえはいいが、要するに、そういったものはすべて隣駅に押しつけてしまえ、という形になってるのだ。

それにしても、と壁際の席でグラスのハイボールを飲みながら俺は思う。厄介な代物だよ、中学時代の友人なんて奴は。

高校時代の友人なら、お互い住む町が異なるので滅多に出くわすことはないが、中学となるとそうはいかない。駅で会い、ファミレスで会い、コンビニで会い、大型スーパーで会う。路上でも会う。会いたくなくても会う。

東京までは一時間かかるが、就職してもここから通う奴は多いし、現に八割がまだこの町に住んでるらしい。その八割の内の七割、具体的に言えば二十人がこの同窓会に顔を出してる。幹事の都合でそうなった平日。祝日でも何でもないただの木曜だというのに。

まあ、同窓会を開くのに適した時期ではあった。大学に進まなかった奴らは社会人として落ち着いた頃だし、一浪の奴ならこの四月から働き始めてる。近況報告的な話題には事欠かないはずだ。

事実、仕事が忙しくて大変だの学生時代に戻りたいだのという言葉があちこちのテーブル席で飛び交ってる。

とはいえ、見たところ、俺と同じ立場の人間も相当数いるようだ。彼らは、まだ働く気がしなくて、と口々に言うが、それが本音かはわからない。

ともかく会社員は会社員なりに、フリーターはフリーターなりに、自分はひとかどの人物だというふりをしてる。例えば会社員なら、会社にぜひともと請われたから働いてるのだ、フリーターなら、自分は会社なんかに縛られる人間ではないのだ、とでもいうように。

自分がいい意味で大人になったことを端々にチラつかせる会社員。自分がいい意味で昔と変わってないことを端々にチラつかせるフリーター。どちらも大差はない。タパスだのピンチョスだの、つまみは軽めのものばかり。それらにはほとんど手を付けない。大して親しくもなかった奴らが馴れ馴れしく話しかけてくるのを鬱陶しく感じながら、俺は飲み放題のやけに薄いハイボールを飲み続ける。

真っ青なカクテルが入ったグラスを手にした女子が隣に座り、久しぶり、と声をかけてくる。

誰だかわからない。名前を聞いて、あぁ、と思い、あぁ、と言う。根岸君、今何やってるの？　と問われ、何も、と答える。そっちは？　と問い返す意欲がない。それはそうだろう。知りたくもない情報は重荷になるだけだ。

店内を見回し、ここにいる奴全員の郵便物を扱ってるのだな、と思う。中には、俺の指紋がはっきり残ったハガキなんかもあるに違いない。だからどうってこともないが。

女子の一人が連れてきた三、四歳の子の周りに何人かが集まってる。

こんな場所に自分の子を連れてくる神経がわからない。年賀状に赤ん坊のアップの写真を貼って送りつけてくる類(たぐい)。

席を立って寄っていき、せっかくのそんな写真も時には区分機に巻き込まれてズタズタになることがあるんだよ、と教えてやるべきだろうか。十代前半のたかだか一年をたまたま共に過ごした同窓生として。

俺に見切りをつけた女子が早々に立ち上がり、じゃあ、また、とよそのテーブル席へ去っていく。

集団に吸収された途端、他の子たちと見分けがつかなくなるから不思議だ。よくは覚えてないが、中学の頃からそういう子だったのだろう。そうそう、ほんと、そうだよね。わたしもそう思う。そんな言葉を使ってればそれで一日が過ごせてしまう、というような。

話し声や嬌声(きょうせい)が喧(やかま)しくなってきたので、トイレに立つ。

二つある個室の一つに入って鍵をかけ、洋式便器の蓋(ふた)に座る。

四方を壁に囲まれてると落ち着くことは落ち着くが、さすがにこれでは狭過ぎる。気を紛らすために、今日は何杯飲んだろう、と考えてみる。

五杯、か六杯。か七杯。

思い出せない。あの薄いハイボール一杯を普通に一杯とカウントしていいものか。

それもまたわからない。

俺は酔ってるのか、酔ってないのか。まあ、そんなことを考えてる時は大抵酔ってるよな。そう結論する。

トイレに二人の男が入ってくる。

二十四にもなって連れションする仲のよさ。たぶんあいつとあいつだろうと予想し、二人が発した声によって、その予想が当たってたことが判明する。

個室のドアは引き開け式。普段から閉まってるので、彼らはそこに俺がいることに気づかない。

「結局のとこ、どうなの?」と小便をしながら片方が言う。「根岸、その子を追いかけてたのかな」

「だろ」ともう片方。「だから、事故に遭って寧ろ救われた感じだよな。別にその子と付き合いがあったわけじゃないみたいだし」

「だけど、その子は何で自分が追いかけられてたって言わなかったんだろう。事故の後、救急車とか警察とか、来たはずだよな」

「それはあれだよ。やっぱ、ゴタゴタすんのがいやだったからだろ。逆恨みされるとかさ」

「まあ、ケガをしたのは根岸の方だしな」

酔いがスウッと引くのを感じる。そう感じることで、自分が思ってた以上に酔ってたことがわかる。ロクにつまみを摂らなかったせいだ。

「でも意外だよな。根岸が女の子を追っかけ回すなんて」

「ああ。ただ、こうなってみると、わからないでもないけどな。あいつ、確かに変わってるとこあったし」

点を線で結ぶ必要はない。つまりそういうことだ。俺はあの女を追いかけてて事故に遭った。誰もがそう思ってる。

長い小便を終えて膀胱を一時的に空にした二人がトイレから出ていく。

洩れそうになる呻き声を抑えながら、俺はどうにか冷静になろうと試みる。

でき過ぎた話。嘘のような話。腕のいいお笑い芸人が作る上質なコントみたいだ。

彼らは既成事実であるかの如くそれを語った。知らなかったのは俺一人というわけか。

今から俺がそれを否定したところで、信じる奴などいない。否定するにはあまりにも時間が経ち過ぎてる。時間が経ったからそう言い出した、と見られて終わりだろう。

同窓会。一応、声はかけてみるが、まさか本当に来るとは思わなかった。彼らは今、壁の向こうでそんなふうに考えてるに違いない。これまでにも、俺の背後ではいくつもの下卑た視線のやりとりがあったのかもしれない。

何より気になるのは、あの女だ。

仮に、俺に追いかけられたとあの女が思い込み、今二人が言ったように、警察には黙ってたとしよう。ゴタゴタすんのがいやだった、というならそれでもいい。

問題はその後だ。まったく、バカげてるとしか言いようがない。警察に黙ってた話を、何故、近隣の奴らには軽々しく明かすのだ。何故、誰にとってもマイナスにしかならないことを、あえてするのだ。

まあ、大体の想像はつく。

あの女の母親が、そんなことはないんでしょうけど、などと無用な前置をしつつべラベラとしゃべりまくったのだろう。

俺は一度だけあの親子に会ったことがある。菓子折りを持って、救急車を呼んでくれたことへの礼を言いに行ったのだ。そのくらいはするべきかと思って。

女自身はともかく、母親の方はいかにも詮索好きという感じだった。この辺りに住んでるそのあたりの歳の女の典型、とでも言えばいいか。

あの事故で、俺は運悪く両足を骨折し、丸三ヵ月入院した。気づいた時はベッドの上にいて、両足はしっかり固定されてた。他に外傷と打撲が少々。その瞬間のことは何も覚えてなかったが、そこそこ派手に撥ね飛ばされたらしい。

大学四年の四月からの三ヵ月。就活が最も活発化する時期だ。退院してから活動を始めたものの、どこもすでに新卒の採用は一段落してた。俺自身、ケチがついた感じがあって、あまり乗り気にはなれなかった。

結局、二ヵ月ほどで活動をやめ、何も無理に来年の四月から働くことはないじゃないかと考えるようになった。そして十二月から近くの郵便局で年賀のバイトを始め、一月以降もそのまま居つくことにしたというわけだ。

事故からは一年四ヵ月が過ぎた。奇跡的に、としか言いようがないが、轢き逃げ犯は捕まってない。

もういい頃だろうと思い、トイレを出る。その足で店も出てしまうことにする。近くの席にいたこれまた名前を思い出せない女子に、俺根岸だけど、と言って会費の五千円を渡し、外に出る。

時刻は午後十時。駅前、バスターミナル側の広場にはまだ多くの人々がいる。

ぼく一人では大したことはできないけれど君と一緒ならどうにかやれるかもしれないから二人で少しずつ未来を切り拓いていこうよ。

そんなようなことをギター一本で歌ってる男がいる。

うるせえなぁ、と酔っ払いのおやじが言う。

俺も賛成だ。

未来を切り拓くとかざっくりしたこと言ってんなよ。具体的にはどういうことだよ。

お前にはわかんないだろうから教えてやるよ。ギターも歌もやめて適当な女と結婚してガキでも作るってことだよ。で、ミュージシャンを目指すとかそんな寝言を言ってたことはありません、みたいな顔をしてしれっと生きていくことだよ。

そう言いたくなる。

わずか一駅のために電車を利用するのもバカらしいので、鉄道高架沿いの道を歩くことにする。

高架を挟んで片側二車線という広い道だが、この時間にもなれば車の通りはほとんどない。

塾帰りだろうか。自転車に乗った中学生ぐらいの男子が、俺をゆっくりと追い抜いていく。

一瞬、声をかけて後ろに乗せてもらおうかと思うが、そんなことをしてまたおかしな誤解を受けるのもいやなので、やめておく。

駅と駅の中間地点に差しかかる頃、背後からやってきたパトカーが俺の横で停まる。

そして助手席から降りてきた制服警官が俺に声をかける。二十代後半。警官にしては華奢(きゃしゃ)な体つきの男だ。

「君、ちょっと」

立ち止まり、振り返る。

「何？」

「何してんの？　こんな時間に」

「何って、歩いてるんだけど」

「どこ行くの？」

「帰るんだよ、家に」

「家って、どこ？」

「湊レジデンス」

「運転免許証、持ってる？」

今は持ってない。そう言えば済む話だということはわかってる。別に車を運転してるわけではないのだ。

だが俺は言う。

「たぶん」

「じゃ、見せて」

「どうして」

「いいから」

パンツのポケットに入れてた財布から免許証を取り出し、警官に渡す。

「二十歳はとっくに過ぎてるよ。見ればわかると思うけど」

警官はその言葉に偽りがないことを確認すると、次いでお決まりの作戦に出る。親しげな口調作戦。後味の悪さを残さないようにするためだが結局は逆効果になる、いつものあれだ。

「へぇ。二十四か。働いてんの？」

「いや」

「何、学生？」

「ちがうよ」

「じゃあ、あれだ。フリーターだ」

「だから？　何か悪い？」

警官はこうした物言いには敏感だ。彼もこんなふうに反応する。

「まあまあ。こっちだって好きでこんなことしてるわけじゃないんだ。でもここんとこひったくりの被害なんかが出てるから、治安を守るためにはこうやってパトロールもしなきゃならない。わかってくれよな」

「好きでしてるんじゃないなら、やめればいいよ」

警官は沈黙する。威圧感を出すための沈黙だ。免許証を返しながら俺に言う。

「そんなに突っかかったものの言い方をするなよ。つまんないことで引っぱられたくないだろ？」

「引っぱられたくないよ。そんな理由だってない」

「そう思うか？」

「何もしてない俺なんかに絡むのはやめて、轢き逃げ犯でも捕まえてくれよ」

「あ？」

「日本の警察は優秀なんだろ？　轢き逃げ犯が一年以上も野放しになってるってのはどういうことなんだよ。たった一台の車すら見つけ出せないってのは、一体どういうことなんだよ」

「お前、いい加減にしとけよ」と警官が俺に詰め寄る。「そういうのを取締るためのパトロールだと言ってるだろうが。それとも、署でもっと色んな話をするか？　付き合ったっていいぞ」

　つまらない脅し文句。こんな一介の見回り警官にそんなことができるわけがない。何千何万といる反抗的な若い男を一々引っぱってきたりしたら、それこそ署内でいい笑い者になるだろう。

　こんなことばかりするから、この町の警察は本当に評判が悪い。未成年者なら呼び止められて煙草の所持をチェックされるし、自転車に乗ってるなら盗難車ではないかと疑われる。

　俺も一度やられたことがある。

原付バイクに乗ってた時のこと。すれ違ったパトカーが、すかさずUターンし、距離を置いて追ってきた。

ヘルメットはかぶってたし、速度も許容範囲。

だが角を曲がったところでこれ。

「はい、停まりなさい」

走ってるのを停めて煙草チェックかよ、と思ってると、三十代前半の警官はしたり顔で言った。

「標識、見えなかった？」

「は？」

要するに、俺は一時停止の標識を見落としてしまったのだ。原付バイクのミラーに映るパトカーに気を取られてたせいで。

この時も俺は文句を言った。驚きが怒りを上回ったせいで初めは黙ってたが、パトカーの後部座席に座らされて違反切符を切られてる時に言った。

「今のはないんじゃないですか？」

「今のって？」

「わざわざUターンして跡を尾けてきましたよね」

「わざわざしたわけじゃないよ。署に戻ろうとしただけ」

「ほんとですか？」

「ほんとだよ。それに、違反は違反」

「あんなふうに付いてこられたら、そっちを見ますよ」

「何もしてないなら見る必要ないだろ。運転は前を見てするもんだ」

「いや、でも」

「不満？」

「まあ、ちょっとは」

「じゃ、署に行くか？　そこで話をするか？」

そう言われ、渋々引き下がった。

で、今またこれ。原付バイクですらない。徒歩。歩いてたのは歩道。何の違反もしてない。立ちションもしてない。唾を吐いてもいない。

深い溜息（ためいき）をつくと、俺は肩の力を抜くふりをする。そして言う。

「すいません。いやなことがあって、ちょっと気が立ってたもんだから」

それを聞くと、警官は声音を和らげる。

「湊レジデンスに住んでるなら、電車に乗った方が早いだろ。この時間はまだ動いてるし」

「酔いを醒（さ）ましたかったんで」

「そうか。なるべくこんな時間には出歩かないようにな。最近、夜中にウロウロするおかしなのが一杯いるから。そんなのに間違われでもしたらつまんないだろ」

　警官はパトカーに戻りかけるも、振り返って言う。

「君は、何だ、その、轢き逃げに遭ったのか？」

「いいえ。もののたとえですよ。知り合いにそういうのがいたから」

「でも、ちょっと足を引きずってるよな？」

「これは別件ですよ」

「そうなのか。まあ、気をつけて帰りな」

　警官が助手席に乗り込み、パトカーは去っていく。

　その後ろ姿を見送る。

　路面に唾を吐いてから、俺は言う。

「嘘だよ、バーカ」

反撃　入江弓矢（いりえゆみや）

　生ぬるく生臭い空気の塊が右から左へと動く。

　束の間、頬を他人の舌でベロリと舐（な）められたような気分になる。

潮風という言葉がもたらすイメージとはあまりにかけ離れた東京湾からの風。目的もないままに吹いては国道の向こうの高台にはね返され、埋立地一帯の淀んだ空気をさらに淀ませる風。

その不出来な風の存在をおれが意識するのは、決まって何かがよくない方向に進んでるときだ。物事が自分の思惑どおりに運ばないとき。報われるべき努力が報われないとき。例えば今みたいな。

かゆい踝を掻く。蚊に食われたのだ。丈が短いクロップドパンツを穿いてるから、そこがむき出しになって。緑が少ないこんな場所にも蚊はいるらしい。

Tシャツの裾をめくってパタパタやる。腹や胸に風を入れる。

これができないから、ボタンが付いてるシャツは着ない。学校の制服も、夏服はTシャツにしてほしいと思ってるくらいだ。ボタンをちゃんと上まで留めたほうが涼しげに見える、なんて言ってる教師には、バカかよ、と言いたくなる。

もう一時間半も見張りを続けてるのにまったく当たりがない。

こんなことも珍しい。普通なら、三十分も待てば一人ぐらいは姿を現すはずなのだ。獲物の物色と自衛を兼ねた視線を前後左右に送り、そのせいで無意識にふらつく足どりになるとかして。

やつらは何食わぬ顔をして罪のない歩行者を装い、その企みがうまくいってると自分では考えてる。でもうまくいくのは用事を抱えてどこかへ向かう一般的な歩行者を相手にした場合だけ。やつらは自分たちが監視されてるとは考えない。おれらから見れば、今わたしは悪意を秘めて罪のない歩行者を装ってます、と宣言しながら歩いてるようなもんなのに。

「もう悪人はいないのかなぁ」と歩馬が言い、

「そんなわけねえだろ」とおれが言う。

「けど、おとといもゼロだったじゃん」

「ゼロじゃない。おれらがミスって逃がしたんだよ。コンビニに二人で行ったのはマズかった。こっちに二人が残ってないと」

「弓矢がおれと一緒にコンビニに行って、航陽をここに残しとけばよかったんだよ。航陽なら相手が高校生でも一人で平気なんだから。な、そうだろ？」

わかりきったことなので、航陽は答えない。何も言わずに手すりにもたれ、歩道橋の下の風景を眺めてる。

航陽の身長はすでに百八十センチ超。この感じだといずれ百九十センチに届くだろう。とても中学生には見られない。場合によっては、高校生を飛び越えて大学生に見られたりもする。それも、体育会系の大学生だ。

小学生のときは、よく夏のプールの授業でバタフライ・プレスをやってた。もう引退したプロレスラー戸部栄純（とべえいじゅん）の得意技だ。ダイビング・ボディ・プレス。プールの縁に立ち、そこから水に飛びこむのだ。

体にバネがあるので、結構遠くまで飛んだ。空中での姿勢もきれい。本当に戸部栄純みたいだった。でも飛びこみは禁止なので、教師に怒られてた。怒られるのはわかってるのに、航陽は何度もやった。怒られた五分後にまたやったりもした。教師を恐れる航陽ではないのだ。

そんな航陽を仲間に引き入れたのはおれ。

父親に買ってもらったばかりのクロスバイクを航陽が盗まれたことを、おれは人づてに聞いて知ってた。

それだけで航陽が話に乗ってくるなんて思いはしなかったが、彼が得難い人材であることは確かなので、さりげなく声をかけた。

無関係な話題から入ったことが奏功し、とりあえず聞くだけは聞いてくれそうだとわかると、おれは息をつかずにベラベラと一人でしゃべり続けた。

例えば強盗なんかやったりするやつはまだいいと思うんだよ。捕まったら刑務所行きで、それなりにリスクを背負ってるわけだからさ。けど頭に来んのはチャリを盗んだりするやつだよ。いや、盗むなんて言葉を使ってやるのはもったいないな。かすめ取るってのがせいぜいか。そいつらはこれからも使うって理由でチャリをかすめ取るんじゃなく、ちょっと疲れたから足代わりにって理由でそれをやりやがんだぜ。別に大したことじゃない、誰でもやってることだ、なんて顔してさ。そういうクソみたいなやつらって、マジでムカつかないか？　おれもやられたことあんだけど、あれって、やる側が思ってる以上にやられる側のムカつき度は高いんだよな。

おれもやられたことがある、という部分は嘘。そこは話を盛った。盗られたのは母親、小夜。おれは自分のチャリを盗られるほど間抜けじゃない。

ほぼ新品のクロスバイクを盗むやつと、その辺に駐められたチャリをかすめ取るやつ。その二つがまったくの別ものだということはわかってた。

もちろん、航陽だってそんなことはわかってた。彼はあまり興味を引かれてない感じで話を聞いた。これは無理だろうな、とおれも思った。が、話を終えると、航陽は言ったのだ。たった一言。やるよ、と。

対して、歩馬のほうは簡単だった。

内容が何であれとにかくおもしろそうなことには飛びついてくるタイプだから、すぐに話に乗ってきた。やるやる。おれも仲間に入るよ。とこっちが訊く前に言った。

気分がいいよな、正義をおこなうってのは。

そんな言葉を笑顔で口にする歩馬を見てると、こいつに声をかけたのはまちがいだったといつも思う。今となっては、航陽とおれの二人だけで充分なのだ。先に航陽に声をかけてれば、歩馬を仲間に加える必要なんてなかっただろう。

楽しければ何でもいい。楽しくなければどうでもいい。歩馬と自転車を盗む側の人間は同類だ。やつらの間にこれといったちがいはない。それどころか、航陽やおれの目の届かないとこで歩馬は実際にチャリをかすめ取ったりしてるんじゃないかとおれは考えてる。

「今日、総体の試合場に会田が来たよ」と航陽が言い、

「望？」とおれが言う。

「ああ。部活であいつを見るのは久しぶりだったな」

「どうせハタセに言われたんだろ」と歩馬。「最後の試合は観に来い、とか何とか。一応はまだ部員だから」

「弓矢は、今も会田と遊んだりしてんのか？」と航陽が尋ねる。

「いや、もうほとんど遊んでないな」とおれは答える。「前は塾が同じだったけど、おれがクビになってほかんとこに移ったし」

「小学校のときは、仲よかったよな」

「まあね。マンションの棟まで同じだし」

「この二年半、中間とか期末の一位はずっとあいつだよ」と歩馬が言う。「弓矢が私立に行っちゃったからさ」

「おれがいたって同じだよ。逆に望がウチに来てたら、そこでも一位になってたろうけど」

こうして歩道橋の上から見ても、町は相変わらず狭苦しい。

マンションやUR賃貸住宅の建物によって視界は遮られる。見張りをしてるおれらでさえ衆人環視の中にあるのだということを実感させられる。

空いてる土地には、形式ばかりの反対運動を押しきって必ず隣より高いマンションが建てられる。少子化をものともせず、住人の数は増えつづける。

八年前からおれが住む十四階建ての湊レジデンスは、ほかのマンションの陰に隠れ、この場所から確認することはできない。

五年前に町のシンボルとして造られたこのアーチ型の歩道橋も、今やすっかり周りの建物に埋もれてる。下の車道を横切ったほうが断然早いこともあり、渡るやつはほとんどいない。

おれらはその無為な歩道橋の最高部である中央よりもやや駅側に立ってる。大型スーパーの駐輪場から駅までのあいだに無秩序に駐められてる自転車の数々を眺めてる。

駅の駐輪場を利用すると毎月いくらかの金をとられるから、誰もそんなことはせずに辺りかまわず駐めてしまう。

それでも、駅からすぐのとこでは撤去される恐れがあるので、皆、大型スーパーの近くに駐めて駅まで少し歩く。

で、それらの中から何台かの自転車が毎日きちんと盗まれていく。

信じられないことに、今でも、鍵をかけてない自転車なんてものがあるのだ。

かけてたとしても、それがダイヤル錠なら下一ケタを前後どちらかに一つずらして
あるだけということも多い。世の中を甘く見てるのか、単に忘れっぽいだけなのか。

嚙(か)んでたガムを歩道橋の下にペッと吐き捨てて、歩馬が言う。

「あ、そうだ。弓矢さ」

「ん？」

「今度、留奈を連れてきていいかな」

「ここに？」と訊き返す。

「うん」

「ここに女を連れてくる？」

「そう。あいつ、来たいって言うんだよ。おれたちがやってることを見てみたいって」

「お前、バカか？」

歩馬は意外そうな顔を見せ、それを不快そうな顔に変えた上で言う。

「何でよ」

「考えりゃわかんだろ」

「留奈ならだいじょうぶだよ。人に話したりはしないから」

「留奈はだいじょうぶかもしれない。問題なのはお前だよ」

それを聞き、航陽がふふんと鼻で笑う。

「平気だって。留奈のほかは誰にも話してないし」

「わかったもんじゃねえよ。お前、自分でも気づかないうちに誰かにしゃべってんじゃねえか？」

「まさか。しゃべってないよ」

「ほんとかよ」

「ほんとだって。怒んなよ」

「怒らせんなよ」

「弓矢。あれ、ちがうか？」と不意に航陽が言う。

彼が見つめてるのは、決まりごとのように制服を着崩した高校生だ。

駅のほうからダラダラ歩いてきたそいつは、一台の自転車の前で立ち止まる。

それから辺りを見まわして、別の一台の前に移動。腰を屈(かが)め、後輪の鍵に手を当てる。

先にバッグを前籠に入れないところは確かにあやしい。でもそれだけではまだわからない。

「どうだ？」と航陽。

「微妙だな」とおれ。

ハズレ。

男はあっさり鍵を解くと、肩に下げてたバッグを前籠に突っこんでサドルにまたがる。そしてゆっくりと自転車を漕ぎだす。

その漕ぎ方までもがダラダラしてる。

家の鍵を開けるときもダラダラし、風呂に入るときもダラダラし、眠るときもダラダラし、デートをするときもダラダラし、その相手までもがダラダラしてそうな男。でもダラダラと自転車をかすめ取るようなことはしないらしい。少なくとも、自分のそれに乗ってきた今日に限っては。

男が目指す相手でないことがわかると、おれらは一斉にため息をつく。

スマホの時刻表示が、二十一時五分から六分へと変わる。航陽はともかく、これ以上歩馬を引っぱるのは無理だろう。

「帰るか」

「ああ」と航陽。

「結局、今日も善人の日か」と歩馬。

「そんなもんはねえよ」とおれ。

悪人が自らの悪を抑えてられる日。結果として悪が町に現れない日。善人の日。

そんなものはない。

マジで。


コンビニでツナマヨパンとホイップメロンパンを買い、食べながら湊レジデンスに戻る。

居間には例によって充也(みつや)がいる。

「ユミ、メシは?」とテレビを見ながら充也が尋ね、

「食った」と新聞のテレビ欄を見ながらおれが答える。

「じゃあ、皿洗えよ。昼からそのままになってるぞ」

「あとでやるよ」

「今やれよ。あとじゃやらないだろ」

「いやだね」

「やれよ。母さんに言われたろ? 使った食器は自分で洗えって」

「うるせえよ」

充也が寝そべってるのではないほうのソファに新聞をガサリと放る。キッチンに行

って冷蔵庫からペットボトルのジャスミン茶を出し、二口飲む。

「今日、塾行かなかったろ」となおもテレビを見ながら充也が言う。

「行ったよ」とペットボトルのキャップを閉めながら返す。

「嘘つけ。電話があったぞ。最近来てませんがって。そこの電話にかかってきた」

そこの電話。入江家の固定電話だ。

「出てんなよ、電話に」

「かかってくれば出るだろ」

「シカトしとけよ」

「行けよ、塾に」

「別にいいだろ」

「別にいいけど、行かないならやめちゃえよ。金、もったいないだろ」

「自分が払ってるわけじゃないだろ?」

「お前が払ってるわけでもないだろ」

ペットボトルを戻し、冷蔵庫のドアを荒っぽく閉める。

居間を出て自分の部屋に行き、リモコンでエアコンをつけてベッドに寝転がる。もう、まさに転がる。五秒で寝返りを二回。

時々、充也と血がつながってることが疎ましくなる。半分だけ血がつながってることが、本当に疎ましくなる。

やの音は弓矢とそろってるが、漢字はちがう充也。

三流の大学に通い、夏休みだというのにバイトをするでも旅行をするでもなく家にいる男。半分しか血がつながってない弟に皿を洗えと命令し、塾に行かないならやめてしまえと説教を垂れる男。

お前、何なんだよ。

おれの何なんだよ。

目撃　入江充也（みつや）

出かけたことがわかるようにバタンと音を立てて玄関のドアを閉めると、僕は弓矢が降りてからずっとこの十三階に停まっていたのであろうエレベーターに乗る。

もうこれで弓矢は意地でも皿を洗わないはず。そう考えると、とりあえずの感情表現手段としての笑みが出る。

おそらく皿は、知人の結婚式から帰ってきた小夜が洗うことになるはずだ。

そうでなければ、明日、撮影の仕事から帰ってきた父が洗う。

例えば僕が弓矢の前でこれ見よがしに洗いはじめれば、余計なことすんな、と言って弓矢が自分で洗うかもしれないが。

一階のボタンを押したことでエレベーターが動き出す。

それが十階を通り過ぎたところで八階のボタンを押す。そうするのが遅過ぎたせいでエレベーターが停まらないならそのまま一階まで下りて夕飯を食べに行けばいいし、停まったら停まったで降りなければいい。

だがエレベーターは八階で停まり、僕はそこで降りる。

本当はわかっているのだ。

たとえ停まらなかったとしても、僕は一階でエレベーターを降りない。どうせ八階に上ってくる。戻ってくる。


エレベーターは滑らかに扉を閉め、滑らかに一階へと下りていく。機械なのだからもう少し騒音を出せばいいのに、とこちらに思わせるほどの滑らかさだ。

八階も十三階も、フロアの造りはまるで同じ。エレベーターを挟んで左右に一室ずつ。

違いを見つけるとしたら。僕の住む一三〇一号室の前には観葉植物の鉢が邪魔にならない程度に置かれているがこちらには何もない、といったことくらいだろうか。

自室の五階下に当たる八〇一号室のインタホンのボタンを押す。

僕の家のそれとまったく同じ音がドアの向こうで鳴り、スリッパが床を擦るこれまた同じような歩行音が聞こえてドアが開く。来訪者は僕と予想していたからか、インタホンによる応対はなし。

「こんな時間に珍しい」と彼女が言い、

「ああ」と僕が言う。

「もう試験は終わったの？」

「うん」

大学の前期試験だ。何日か前に終わった。よくできた科目は一つもない。どれも一夜漬けだから。

靴を脱いで中に入ると、バスルームとトイレの前を通って居間に行き、体を投げ出すようにドサリとソファに座る。日常的に座る者がいないためにいまだ一定の硬度を保ったソファが、僕の体を小刻みに弾ませる。

つい五分前まで五階上の自宅で同じ位置にある同じようなソファに座っていたことを思うと、デジャヴに見舞われた気分になる。

「お酒飲む？」と訊かれ、

「いらない」と答える。

「セックスをしに来たの？」

「そう」

「お風呂に入ってからでいい？　シャワーではなくて、お風呂」

「うん」

「一緒に入る？」

「やめとく」

「じゃあ、待ってて」

そう言うと、彼女はバスルームに入り、そのドアを閉める。僕も何度か入ったことがある、正しくは何度も入ったことがある、僕の家のそれとまったく同じバスルームだ。

ソファの背にもたれ、首の動きだけで室内を見回す。

いつものことながらエアコンで温度が低く保たれているので、肌寒ささえ覚える。常に長袖を着ていたいとの理由で、彼女はこうして過度なまでに部屋を冷やすのだ。まるで夏という季節そのものを否定するみたいに。

この八〇一号室には、大きな、そして唯一の特色がある。それは、何もない、ということだ。

ここにはテレビもなく、本棚もなく、たった一枚の絵もなく、たった一枚のカレンダーもない。生活に最低限必要な物だけが各所に配置され、必要とされるその瞬間を待っている。

　ワンルームに収められる調度品をその三倍以上ものスペースに散らばらせている、というふうに見えないこともない。モデルルームには、なれそうでなれないだろう。コンセプトがなさ過ぎて、モデルにならないのだ。

　3LDK。住もうと思えば二世帯でも住めるこのA棟八〇一号室に、彼女はたった一人で住んでいる。僕の見る限り仕事はしていないし、もちろん、結婚もしていない。少なくとも今は。

　それでは何をしているかと言うと。何もしていない。何もないこの部屋で、彼女は何もしないということをしている。

　宮代京子(みやしろきょうこ)。彼女の正確な年齢を僕は知らない。四十代なのであろうとは思うが、三十九歳だと言われればそれを信じるしかないし、五十歳だと言われればまたそれを信じるしかない。

　そして彼女は何歳とも言わない。女だから歳を気にする、という感じでもなく。

　宮代京子と知り合うことになったのは、単純に、同じこの湊レジデンスに住んでいたから。もう少し言えば、一台のエレベーターを共用する各フロア二世帯×十四階の計二十八世帯の住人の中に僕らが含まれていたから、だ。

狭いエレベーターで一緒になるということが何日か続き、僕と宮代京子は会えば何となく挨拶をするようになり、さらに何度かの邂逅を経て、会話までするようになった。

とはいえ、エレベーターで一階から八階まで上がる間に話せるのはこの程度。

「寒いですね」

「そうですね」

「でもこれからは暖かくなる一方でしょうね」

「そうでしょうね」

「寒いのと暑いのではどちらがお好き?」

「どちらも嫌いですね」

「わたしも」

そして二、三週間が過ぎ、実際に暖かさを肌で感じるようになったある日、開ボタンを押して八階にエレベーターを停めたまま、宮代京子が言ったのだ。

「お茶でもいかが?」

それが始まりだった。そんなふうに始まり、今に至っている。

バスルームのドアが開く音がして、数秒後、バスローブを身にまとった宮代京子が居間に入ってくる。

窓に向かう側のソファに座り、唐突にこんなことを言う。

「あなた、今のお母さんと寝たことある?」

「ないよ。六歳で一緒に住むようになったけど、その時はもう一人で寝てたから」

「そういう意味じゃないわよ」

「ん?」

「セックスをしたことがあるかっていう意味」

「あぁ。だったら尚更(なおさら)ないよ。あるわけない」

「でも寝たいと思ったことはあるでしょ?」

「ないね」

「じゃあ、言い方を変えて。寝る可能性について考えてみたことはあるでしょ?」

「ないよ」

「嘘」

「どうして」

「血のつながりのない女と一緒に暮らしてる男が、その女と寝ることについて考えないわけがないのよ。それも、わざわざわたしのところに通ってまでこういうことをしてるあなたみたいな人が」

「そんなもんかね」

「そんなもんよ」

「詳しいんだな」

「詳しいのよ」

彼女が言うことは正しいのかもしれない。いや、間違いなく正しい。あくまでも一般的にという意味では。

同じ家にいる血のつながりのない異性を意識しないわけにはいかない。それは確かにそう。ただし、そこ止まり。その先を考えることはない。

宮代京子の髪はエアコンの風のせいで早くも乾き、わずかにウェイヴがかかったいつもの感じに戻っている。特にブラシを当てる必要はなさそうだ。ブラシを当てる必要がない髪型にしているのだろう。そうすれば、部屋に置く物を減らせるから。

バスローブの襟の合わせ目から胸の谷間を覗かせた宮代京子は、子どもがよくやるように膝を抱えてソファに座り、斜めの角度からじっと僕の顔を見つめる。

セックスの前後はいつもそう。密着し交合する前と後に、一定の距離を置いて僕を見つめるのだ。前の僕と後の僕を比べているのかもしれない。

そんな彼女の視線を多少疎ましく感じて、僕は口を開く。話す内容は何でもいい。間が持ちそうなものなら何でも。例えば今思いついたのはこんなことだ。

「ペットでも飼ってみれば？」

「いい」と彼女は即答する。

「何で？　一人暮らしの女の人って、よくペットを飼ってるよ。このマンションだと、規約違反になっちゃうだろうけど」

「犬も猫も好きじゃないの」

「犬と猫以外にもペットはいるよ。リスの変種みたいなのとか、爬虫類とか」

「生き物が好きじゃないのよ。飼うのはあなただけで充分」

そう言われてしまっては、黙るしかない。

自分からしゃべるのでない時の彼女は、いつもこんなふうに決定的な一言で会話を終わらせる。致命的とまではいかない決定的な一言。どうにか続いてきたことをそれで断ち切ってしまうような、そんな一言で。

何もしない彼女の家には時計もないので、僕は自分のスマホで時間を見る。

二十二時一分。

「でもあなたの弟には」と宮代京子が言う。「ものすごく興味があるわ」

「まだ中学生だよ。手を出したら、ものすごく立派な犯罪になる」

「たまにそういう女性教師がいるわね。男子生徒に手を出しちゃうっていう」

「いる？」

「いるわよ。女子生徒に手を出しちゃう男性教師ほど多くはないけど。女性教師の場合、きっと、本当にその生徒のことが好きになっちゃうんでしょうね」

「よくわからないけど」

「あの子、あなたに似てるわね」

「似てないよ。そう言われたことは一度もない」

「似てるわよ。わたしはそう思うな。一目でわかったもの、あなたの弟だって」

「こっちと違って向こうは優秀だよ。小学生の時のテストは全部百点だったし、今は電車で私立の中学に通ってる。そこでの成績はビリに近い感じらしいけど」

「そうなの？」

「そう」

「そんな子って、何か大きいことをやるか、さもなくば破滅するかのどちらかよね。まあ、大抵は後の方だけど」

　宮代京子はソファから立ち上がり、キッチンに行く。

　そして三つしかないグラスに赤ワインを注いで、戻ってくる。

　その赤ワインを一口飲んで、言う。

「あなた、お金ほしい？」

「別に」

「そう。ほしくなったら言って」

「そんなに金を持ってるんだ?」

「ええ。自分でもびっくりするくらいに」

「持ってる金がいくらだったら自分でびっくりするのか、見当もつかないよ」

「でも使い道がないの」

「そうだろうね。こんな暮らしをしてれば」

宮代京子は否定とも肯定ともとれる笑みを浮かべて赤ワインをもう一口飲み、グラスをソファの前の低いテーブルに置いて言う。

「今日は、ここでする?」

「ここでって、ここで?」

「そう。寝室は暑いもの」

「ここは寒いよ」

「すぐに暖かくなるわ。シャワー、浴びる?」

「浴びてきた」

「用意がいい」

というわけで。

僕らは互いに少しずつ身を寄せることでこの日のセックスを開始する。通算五十度目ぐらいにして居間では初めてのセックスを。

断章　援交

「あ〜、何かダルくない？」

「ダルい」

「ただ電話してるだけなのにダルいよね。イヤホンマイクだから手ぶらなのにダルい」

「わたしも。ベッドに寝そべってんのにダルい」

「梅雨が明けたのはよかったけど、ムチャクチャ暑いし」

「昼の陽射しとかすごいよね。外にいるだけで汗ダラダラ。殺す気？　って感じ」

「わたしは平気だったけどね。エアコンがガンガンに利いてる店にいたから」

「そっか。理絵、バイトだ」

「そう。行き帰りは激アツだったけど。だからさ、帰りはニケツしちゃったよ」

「ニケツ？」

「うん。男の子が通りかかったから、自転車の後ろに乗せてもらった」

「男の子って？」

「そのもの男の子。中学生。すごく頭がよさそうな子。塾の帰りだったの。で、何と、わたしと同じマンションに住んでる。ツイてた」

「へぇ」

「でさ、乗せてくれたお礼に何がしてほしい？　って、その子に訊いたのね」

「うん」

「何て言ったと思う？」

「さあ」

「セックスがしたい。セックスさせてくれよ」

「そう言ったの？」

「言った。見た目スッとしててそんな感じじゃなかったから、ちょっと驚いた」

「男は何歳でも同じなんだね。でも中学でそれって、さすがに早過ぎ。で、理絵は何て？」

「明日の午後、ウチに来られる？　って」

「マジで？」

「マジで」

「中学生にウリやんの？」

「ウリはしないよ。お金持ってないだろうし」

「じゃ、何？」

「変わった子でおもしろそうだから、遊んでもいいかなって」

「遊ぶだけ？」

「たぶん」

「だいじょうぶ？」

「だいじょうぶだよ。同じマンションなんだから、向こうも無理はしないでしょ」

「まあ、そうだろうけど」

「実際、後ろに乗せてもらって助かったしね。ウチの近所、ここんとこ、ひったくりとかあるらしいから」

「そうなんだ。あぶないじゃん。バイト、やめれば？」

「いやだよ。ただでさえダルいのに、一日中お母さんと一緒とか、もっとダルい」

「あれっ、今はパートしてないの？」

「うん。こないだやめてからはまだ。明日はいないけどね。だからその子を呼べた」

「理絵、ウリやってんのによくバイトもやるよね。バカらしくない？」

「バカらしいけど、それはカムフラージュ。スーパーで健気にバイトしてる子がウリもしてるとは思わないでしょ。まあ、ウチのお母さんは鈍いから、そんなことしなくても気づかないけど。お父さんが福岡で浮気とかしてても気づかなそう」

「でもそれはそれでいいよね。学校では禁止されてるバイトをやらしてくれるんだから」

「それだって鈍いからだよ。いいとか悪いとか、そういうことをあんまり考えないの。花香のお母さんなら絶対無理でしょ？」

「無理無理無理。わたしがウリやってるなんて知ったら、お母さん、気絶するよ」

「お父さんは？」

「激怒。からの、気絶。お母さんは即気絶で、お父さんは一拍置いて気絶かな。だからわたしが救急車呼ばなきゃいけないかも」

「両親がどっちも気絶しましたって？」

「そう。理由を訊かれたら何て言おう」

「ウリがバレてしまいまして、でしょ」

「うわ、きつっ。そのときのための嘘も考えとかなきゃ」

「まず、気絶させないようにしなよ」

「だね。だから隠す。それが親孝行」

「偉い！　花香、孝行娘！」

「理絵はさ、あの先生とは続いてんの？」

「続いてるよ。もう夏休みだし、たぶん、会う回数も増える」

「稼ぎどきじゃん」

「ただ、サッカー部の顧問だから、大会が終わってからかな。今日の試合は勝っちゃった。というか、もう今日じゃなく、昨日か」

「あぁ。ほんとだ。午前〇時。なのに暑っ！」

「でも次の相手は強いとこなんで、負けるみたい」

「負けるとか、顧問が言っちゃってんの？」

「言っちゃってる。わたしが訊いたからだけど」

「それにしてもすごいよね、理絵」

「何が？」

「相手が中学の元副担とか、ヤバいでしょ」

「ヤバいのはわたしじゃなくて畑瀬でしょ。いや、でもそんなにはヤバくないか。わたしが中学にいたときにそうなってたらヤバいけど」

「とか言ってる理絵がもうヤバい」

「四十代のおやじと平気でヤレる花香も相当ヤバいと思うよ。こっちはまだ二十八とかだけど。親世代はヤバいよ」

「でもお金持ってるしね」

「そのセリフ、花香のお父さんに聞かせたいわ。激怒からの気絶、させたいわ」

「それはダメ。わたし、こう見えてお父さんのことは好きだもん。結婚するならお父さんみたいな人としたいし」

「こわっ！」

「あ～、そろそろ次も探さなきゃなぁ。今度はわたしも若いのにしようかな。せめて三十代とか。理絵は？　誰かいんの？　その畑瀬ってやつ以外に」

「いない」

「スーパーのお客で探せば？　そのほうがネットより安全かもよ。顔とかもわかってるわけだし。それとなく声かければ乗ってくんでしょ。いないの？　そんなやつ」

「うーん。いないことも、ないかな」

「誰？」

「カップ麺の男」

「は？　何それ」

「カップ麺ばっか買うお客。毎回そうなの。いつも四個。カロリーが低いのを選んでるんだって」

「それを知ってるってことは、しゃべったの？」

「うん。今日初めてしゃべった」

「何歳ぐらい？」

「二十代前半かな」

「大学生？」

「ではないっぽい。畑瀬よりは下だと思うけど」

「顔は？」

「悪くはないかな」

「じゃ、いいじゃん。狙いなよ。もうしゃべってるならチャンスじゃん。誘いなよ。理絵が誘えば一発だよ」

「たぶん、お金ないよ。だって、カップ麺だよ。しかもスーパーで買うんだよ」

「いや、わかんないよ」

「わかるでしょ」

「もしかしたら株とかやってる人かも」

「株？」

「ほら、株が上がったとか下がったとかで、毎日売ったり買ったりしてる人。えーと、何だっけ」

「デイ何とか？」

「そう、デイトレーダー。一日中家でパソコンと向き合ってんの。だから毎日カップ麺なのかも。食べに行ったり弁当を買いに行ったりする時間がないから。今の相手に聞いたことがある。儲けてる人はかなり儲けてるらしいよ。それで車買ったりマンション買ったりしてるんだって」

「そんな感じには見えないけど」

「そういう人って、食べものに興味がないんじゃない？　IT社長で、車はフェラーリだけど食べてるのはハンバーガーって人、いそうじゃん。三百万円の腕時計してるけど服はユニクロ、とか」

「いそうだけど。みんながみんなそうじゃないでしょ。食べものまでブランド志向の人もいるはずだよ」

「そのカロリーの件だって、そういうことかもよ」

「どういうこと？」

「毎日カップ麺だとしてもさ、カロリーがどうとか言ってるってことは、体に気をつけてはいるってことじゃん。実は意識高い系なんだよ。こだわり方が独特なの」

「どうかなぁ」

「言ってみるだけ言ってみなよ。カロリーのことまで話してくれたんなら、絶対理絵のこと気に入ってるはずだし。もしかしたら初めからそうだったのかも。理絵がいるからいつもそのスーパーで買ってんの」

「それはないと思うけど」

「ないことないって。理絵みたいにかわいい子と話せて絶対喜んでるって。言ってみて損はないじゃん。もしちがってたら引けばいいんだし。お金持ってないとしたってさ、理絵と付き合えるならがんばっちゃうかもしんないよ」

金曜日　晴一時雨

襲撃　会田望

ボールをドリブルする。右に左に華麗なステップを踏みながら、ぼくはゴールへと向かう。

ポジションはフォワード。ピッチは静まり返り、耳には自分が履くスパイクのポイントが土をとらえる音とボールが転がる音だけが聞こえている。

与えられたチャンスは一度きり。ボランチの二人、センターバックの二人。誰もぼくを止められない。止めようともしない。

が、さすがにゴールキーパーだけは別だ。彼はペナルティエリアに入ってすぐの位置でぼくの右足から放たれたシュートにどうにか反応し、体をいっぱいに反らせてボールに飛びつく。

自身の左サイド高めに来たボールは必ず左手で。ボールとの最短距離を瞬時に選択した無駄のないセービング。

でもぼくのシュートはそれをほんの少し上まわる。カーブのかかったボールは、無情にも彼の指先をかすめてゴールに吸いこまれていく。

主審が、これ以上強く吹いたら音が割れてしまうというくらいに力を込めてホイッスルを吹く。

ピッチ上ではぼく一人が跳び上がって喜んでいる。ディフェンス陣を抜き去ってのゴール！　緊迫した試合の行く末を決定づけるファインゴール！

興奮のあまり、ユニフォームを脱いで上半身裸になる。それを片手でクルクル振りまわし、最後にはピッチに叩きつける。

センターバックに手を差しのべられて立ち上がったゴールキーパーがゴール内に転がったボールを拾い、苦々しい表情でセンターサークルのほうへ蹴り出す。

彼のことはぼくも少々気の毒に思う。何故って、彼＝航陽は、ぼくのチームメイトなのだ。

全力で駆け寄ってきた主審がぼくの鼻先にレッドカードを突きつける。イエローを経由するまでもないレッド。非紳士的行為による一発退場。

ピッチを去る際、ぼくはベンチの畑瀬に目をやる。

「ほら、たかが一点だ。気を落とさずにやれ！」とやつは自チームのぼく以外の選手たちを励ます。

そう。ここがチームスポーツのいいところだ。全員が助け合うとか、そんなことではない。誰がどのゴールに蹴り入れたものであろうと一点は一点。ボールがゴールに進入することを許してしまった以上、それは失点になる。

と、そこでぼくは目を開ける。

これが夢であることは、自分がゴールを決めたあたりからわかっていた。

机に突っぷしていたため、目の前五、六センチのところにぼやけたアルファベットの文字がある。

エアコンの風のせいで腕の表面は冷えきっているが、木の椅子と接する尻(しり)から腿(もも)にかけてはいやな汗をかいている。

ゆっくり顔を上げると、黒板をせわしなく叩きながらそこに書かれたことの説明をしている塾講師と目が合う。

最近オンライン授業を取り入れる塾も増えてきたと聞くが、この塾がおこなうのはすべて対面授業。そして授業中居眠りをしている生徒を講師が起こすことはない。

せっかく選抜試験に受かり安くはない授業料を払っているのに眠りたいのであればどうぞご勝手に、との姿勢を貫く。それがここの特徴だ。

塾は学校ではない。来たくなければ来る必要はない。入塾する際、生徒はその言葉だけを東大出の塾長から聞かされるのだ。

そうした方針により、出欠は自由。本人の意思でどうにでもすることができる。ただし、睡魔は伝染するとの理由から、授業中の居眠りは常にチェックされる。それが五回になると、生徒は塾をやめなければならない。

これについては、選抜試験を受ける前に必ず保護者が誓約書に捺印させられる。事実、ぼくの知り合いにも一人、五回めのチェック時に即座に退出を命じられ、そのままやめさせられた塾生がいる。

それでも、難関校の合格者を毎年多数出すこの塾に入りたがる生徒はあとを絶たないし、入ったら入ったで、皆、振り落とされないよう必死になる。現に、チェックが二回を超えたのは、今期の特Aクラスではぼくだけだ。

「ヒア・イン・トウキョウ！」と講師が大きな声で言う。「まちがっても、これを、東京のここ、なんて訳したりしない。正しくは、ここ東京では。テレビのニュースなんかでよくそんな言いまわしをするだろう。この場合、ヒア・イコール・トウキョウ。したがって、それが伝わるように訳さない限りは誤訳と判断されるから気をつけること。じゃあ、会田、この表現を用いて何か英文を作ってみろ。うまくできたら今寝てたことは見逃してやる。二分後に指すからな」

そして講師は授業を続け、ぼくは与えられた課題に取りかかる。

ヒア・イン・トウキョウ。ヒア・イン・トウキョウ。

二分後、ぼくが発表した英作文はこうだ。

「ヒア・イン・トウキョウ、アイム・アイスト・シヴィアリィ」

「何だ、それは。自分で訳してみろ」

「ここ東京では、ぼくはひどく冷やされている」

「どういう意味だ」

「すごく寒いんですよ、この席は」

教室に控えめな笑いが起き、それはすぐに収まる。

「いいか。前にも言ったようにな、こんなふうに自由英作文の指示が出された場合、まずわかりやすい日本語訳を頭の中で組み立てて、それから英文を作ること。今の会田の文みたいに、英語はよくても日本語の意味自体が伝わらないと、これはもう明らかな減点対象になる。バカらしいだろう。英語のテストなのに日本語でバツなんて。まあ、それでも今回は大目に見る。その代わり、次、居眠りをやったら、一度で二つのチェックにする。わかったな、会田」


午後は塾の授業をサボり、昨日に続いて学校に出向く。

そしてサッカー部が練習をしているグラウンドの隅で畑瀬に自分が正式に退部することを伝える。

「次も試合を観に行く気にはなれないので」

そう言うと、畑瀬は憐れむような目でぼくを見る。目の奥には口があり、その口はこうつぶやいている。こんなふうに波風を立てる必要はないだろ。明日試合に来なければそれですむ話じゃないか。

でもぼくには、そう思っていてもそれを表に出せない畑瀬に付き合う義理はない。チームの士気への影響を理由になかなかうんと言わない畑瀬に業を煮やして、ぼくは言う。

「要するに手続きがめんどくさいってことですか？」

「そうじゃない。お前のためを思って言ってるんだよ」

「それならぜひ退部扱いにしてください。やめたという記録が残ってもいいですよ。テストの点だけで志望校に受かる自信はありますから」

結局、畑瀬は退部を承認する。

どうせ手続きはしないだろうと思いつつ、ぼくは歩いて湊レジデンスに戻り、A棟の一二〇一号室を訪ねる。児島家。理絵の自宅だ。

湊市の海寄りに立つマンション、湊レジデンス。

レジデンスは住宅という意味だが、邸宅に近いニュアンスがあるらしい。だから高級な分譲マンションの名前に使われることが多い。例えばコンシェルジュがいるマンションだとか、タワーマンションだとか。

ここ湊レジデンスは、十四階建ての賃貸。AからCまでの全三棟。どこにでもあるごく普通のマンションだ。

なのにレジデンス。集合住宅で邸宅もないだろう、といつも思う。名づけた不動産会社以上に、選んだ住人が愚かであるように見えてしまう。

インタホンのチャイムに応え、理絵が玄関のドアを開けてくれる。

昨日のようなメイクこそしていないものの、きれいはきれいだ。

「遅いよ。四時からバイトなのに」と言われ、

「ごめん」と素直に言う。

「何で制服なの？」

「ちょっと学校に用があった」

スニーカーを脱いで理絵についていき、テレビの音が鳴り響く居間に入る。

そこはこれでもかと言わんばかりに冷房が利かされている。半袖では寒いくらいだ。

「適当に座って」

そう言って、理絵自身は、ソファでなく、その前のカーペット敷の床に座る。

一人でソファというのも何だと思い、ぼくも理絵の隣に座る。

テーブルの上のスナック菓子に手を伸ばしながら理絵が言う。

「食べれば？　飲みものは冷蔵庫から勝手に出して」

「うん」

当然だが、家には理絵一人しかいない。

父親は福岡へ単身赴任中で、母親はどこかへ出かけているらしい。兄弟は初めからいない。一人っ子。それはぼくと同じだ。

室内を何となく見まわしてから、視線を理絵に戻す。

彼女は両手を床にペタンとつけてテレビ画面を見ている。連続ドラマの再放送だ。夏休みなどに毎日続けてやるあれ。

「時間がないんだろ？　録画しろよ」

「だって、見はじめちゃったんだもん。望君が遅いからだよ」

喉は渇いているが、冷たいものを飲む気にはならない。それだけ部屋は冷やされているのだ。アイム・アイスト・シヴィアリィ。

だからといって、他人の家で自ら温かい飲みものを入れるわけにもいかないので、しかたなく理絵と一緒にテレビを見る。

途中から見るドラマは、おもしろくも何ともない。初めから見てもおもしろくはないだろう。やけに陽気な高校中退者がどうにか世の中を渡っていく話のどこがおもしろいのか、ぼくにはよくわからない。

理絵も、目を画面に向けているとはいえ、特に楽しんでいる様子はない。ただ惰性で見ている感じだ。実際、話の筋はどうでもよく、登場するイケメン俳優の姿を漠然と眺めているだけなのだろう。

暇つぶしのつもりで、理絵の横顔を観察する。

前に読んだ小説に書いてあった。たいていの人間は、正面から見た顔より横顔のほうがいい。美人でない女でも横顔なら見られるものだ。幸い、理絵は美人でない女ではないが。

画面がCMに替わる。

「退屈?」と理絵。

「これ、何時まで?」とぼく。

「もうすぐ終わるよ。シャワーでも浴びてな。外、暑かったでしょ? バスタオル、使っていいから」

言われたとおりに立ち上がり、理絵の指し示す方向にあるバスルームに入っていく。脱衣スペースで制服を脱ぎ、下着も脱いで全裸になる。

何か落ちつかない。他人の家で全裸になるのは、勝手に温かい飲みものを入れるよりよっぽどおかしな行為だ。

それでも、ペニスは勃起している。僕はいつだって勃起する。襲撃のときでさえ、気がつくと勃起しているくらいだ。

十分で手早くシャワーを浴び、汗や汚れを洗い流す。

戸棚にバスタオルがあるので、一枚を取りだして体を拭く。

他人の家の匂いがする。女だけが住む、他人の家の匂いだ。

制服のパンツを穿き、シャツを羽織って居間に入っていく。

そこでは理絵がだらしない格好で寝そべっている。

階段の下から見えるような形でパンティが見えている。家でそんな短いスカートを穿いているというのも考えてみれば妙な話だ。少しはぼくの来訪を意識したということかもしれない。

ちょうどドラマが終わり、理絵が立ち上がる。ぼくの格好を見て言う。

「どうせ脱ぐのに何でまた着るのよ」

そしてすれちがいざまぼくの頬に軽くキスをして、そのままバスルームに向かう。

「シャワーなんていいよ」と背中に声をかける。

「ちょっとぐらい待ちなさいよ。変態」

笑いながらそう言うと、理絵はバスルームに入り、ドアを閉める。

早くも体が冷やされていくのを感じながら、床から二つのリモコンを拾い上げ、テレビとエアコンそれぞれを消す。

部屋がようやく静かになる。

この際だと思い、キッチンに行って食器棚からインスタントコーヒーの瓶とマグカップを取りだす。そして電気ポットの湯でコーヒーを入れにかかる。が、カップの半分まで注いだところで湯はなくなり、ポットの注ぎ口がグズグズと煮えきらない音を立てる。

ポットの電源コンセントを抜いて居間に戻り、ただ濃いだけでうまくも何ともないコーヒーを飲む。

もう一度テレビをつけ、消す。ドラマのあとにも、おもしろそうな番組はやっていない。

五分ほどして、理絵がバスルームから出てくる。髪は濡れていて、体にはバスタオルが巻かれている。

「コーヒーを飲んだよ」

「そう。わたしが飲んだことにする」そして理絵は言う。「じゃあ、ほら、ベッドに行こうよ」

二人で理絵の部屋に行く。

ベッドの上で裸になる。理絵もなる。あっさりなる。乳房が見え、陰毛も見える。キスをして、体を絡ませる。ぼくのほうが理絵よりは少し背が高いが、不思議なことに、体を重ねていると自分のほうがずっと小柄であるような気がする。

理絵が突然上体を起こして言う。

「そうだ、おもしろいもの見せてあげるよ。ちょっと待ってて」

ベッドから下りると、理絵は裸のまま部屋を出ていき、一分後、真っ黒な長方形の箱を手に戻ってくる。

「ほら、開けてみなよ」

渡された箱は、予想以上に重い。ふたを開けてみると、姿を現すのはこれ。紫色のヴァイブレーター。ＡＶなどにしばしば登場する、ペニスをかたどったもの悲しき遊具だ。

「何？」と思わずぼくは尋ねる。

「知らない？」

「知ってるけど」

「一ヵ月くらい前にお母さんの部屋で見つけた。除光液を借りたくてさ、化粧台の引出しを探してたら、奥から出てきたの。箱からしてもうあやしいよね。そう思わない？」

理絵は箱からヴァイブレーターを無造作に取りだすと、スイッチを入れる。

モーターが小さくうなるような音を立て、ヴァイブレーターがクネクネと卑猥に動く。コンマ一秒ごとに重心の位置を移していく。そんな動き方だ。

亀頭に当たる部分を理絵が指で挟んでぶら下げると、ヴァイブレーターは捕獲された猪のようにバタバタと暴れる。

「変なの」と言い、理絵はヴァイブレーターを見て、ぼくのペニスを見る。

確かにおもしろいものではあるが、理絵がそれをぼくに見せる意味がわからない。理絵がその遊具をもてあそぶのを見ていたくないので、自ら手にとる。

スイッチを切り、入れる。卑猥なクネクネ動きのほか、ヴァイブレーターは小刻みに振動してもいることがわかる。クネクネ動きをする男はいるかもしれないが、こんなふうに振動できる男はいないだろう。

ヴァイブレーターの材質は、これまでに触ったことがない類。硬質ゴムのような弾力がありながら、表面は軟らかい。微かに潤っているようにも感じられる。

実際のペニスとはちがうが、それでも、どうにか似せてやろうという意気ごみと努力は感じとれる。

単にスケベなだけではこんなものは作れない。きっと、大学や大学院の理系学科を卒業した人たちが、研究に研究を重ね、何年もかけて製品化に漕ぎつけたのだ。

「ずいぶん重いけど」とぼくは言う。「本物もこのくらいあるのかな」

「わかんないよ。わたし、持ってないもん」

頭の重さを感じたことはある。腕の重さを感じたこともある。でも自分のペニスの重さを感じたことはない。

体のほかの部分にくらべればちっぽけな存在だからかもしれないし、胴体に接している面積の割合が大きいからかもしれない。が、切断して重さを量れば、案外このヴァイブレーターと変わらない数値が出るのかもしれない。

「お母さんがこんなの使ってることを、お父さんは知ってるのかな。それともお父さんが買ってやったのかな。どっちにしてもバカだよね、大人って」

理絵がヴァイブレーターを箱に戻して床に置く。

ぼくらは再びベッドに横たわる。

理絵がぼくの唇にキスをし、ぼくは彼女のへその左下にある小さなホクロを撫で、それから性器を撫でる。ぼくらがそうして抱き合っているあいだに、理絵の髪は少しずつ乾いていく。

コンドームは、理絵が持っていたものを使う。すでに長時間勃起しつづけているぼくのペニスに理絵がそれを装着する。

ベッドの上で膝立ちになる。向かい合って手をつなぎ、鳥たちがくちばしをつつき合うような感じでキスをする。体を寄せるたびに、勃起したペニスが理絵の下腹部、う。

何を思ったか、理絵がぼくの背後にまわり、腕を体に巻きつけてくる。耳もとで言う。

「捕まえた」

次いでぼくの胸の前で組み合わせていた腕を解き、右手をぼくの尻に這わせる。

「望君のお尻、きれい」

理絵の指が肌に触れ、離れ、また触れる。

一点に集中していた五本の指が各方向に広がっていき、やがては手のひらまでもが密着する。

そして指の一本が尻の割れ目を下降する。

「あっ」と言葉を洩らしたその瞬間にはもう射精している。

快感とはまたちがう種類の何かが背筋を走り抜けていく。それは下降ではなく上昇。突然の波に後ろからさらわれたようでもある。

理絵は再びぼくを両腕で縛りつけ、耳たぶを軽く噛む。射精したことには、おそらくまだ気づいていない。

「望君、わたしのこと好き？」

「どうだろう。よくわからないな」

「わたしも」

ぼくはゆっくりと息を吐き、理絵に尋ねる。

「何で？」

「ん？」

「何で、おれとこんなことを？」

「うーん。先行投資かな」と理絵は答える。

「先行投資？」

「そう。望君、頭よさそうじゃん。わたしね、そういうのはわかるの。学校の成績、いいでしょ」

「まあ、悪くはないよ」

「だから二十歳そこそこでＩＴ社長とかになるかも。そのときのために、つながっとこうと思って」

「何だそれ」

「こいつ頭悪いな、と思った？」

考えて、言う。

「いや。思わないよ」

頭が悪いのは、理絵みたいな女ではない。理絵はむしろ頭がいい。その自覚がないだけだ。

この部屋も、やはり冷房は利きすぎている。乾ききった空気の中で、かきかけた汗はすぐに引き、肌の表面にカサカサした張りだけが残る。

コホッと一つ咳（せき）をする。すべての水分が吸いとられた喉には、何かいやな引っかかりがある。

自分が理絵のことを好きなのか。ぼくにはわからない。

そもそも、好きだの何だのいうこと自体がわからない。

今のぼくにわかるのは。コンドームにはシーツを汚さないという役割もある。それだけだ。


理絵の家を出て、上階から下りてきたエレベーターに乗る。

そこには先客がいる。

「望」とその先客が言い、

「弓矢」とぼくが言う。

「久しぶり」

「だね」

そうなのだ。理絵の家の一つ上、Ａ一三〇一号室に、入江弓矢は住んでいる。小学校のときの友だち。授業中の居眠りチェックが五回に達して塾をやめさせられたのがこの弓矢だ。

小学校の四年と五年のときにクラスが同じだった。そのころは仲もよかった。中学も同じところに通うはずだったが、弓矢が私立中学の試験に受かったので、そうはならなかった。

望も受ければ余裕で受かったよ、と、当時弓矢は顔を合わせるたびに言っていた。ぼくは、わざわざ電車に乗って遠くの学校に行き、新たにくだらない人間と知り合うのは面倒だと思っていた。

何故ぼくが十二階からエレベーターに乗ってきたのか。そんなことを、弓矢は訊いてこない。代わりにこんなことを言ってくる。

「成績、一番らしいじゃん」

「周りがバカなだけだよ」

「おれの学校にも、バカはたくさんいるよ。といっても、みんな、おれより成績はいいけど」

「そうなの？」

「そう」

そしてぼくらは黙る。エレベーター特有のぎこちない沈黙だ。ぼくはわけもなく扉のガラスを眺め、弓矢はわけもなく階表示を眺める。

「そういや、あいつ、いなくなったよ」と弓矢が言う。

「あいつ？」

「あのおやじ」

「あぁ」

「あのあとも店に居つづけてたから図太いやつだと思ってたけど、最近見なくなった」

「そうなんだ」

エレベーターが一階に着き、扉が開く。

そこから降り、ぼくらは通路を抜けて外に出る。

「じゃあ」とぼくが言い、

「また」と弓矢が言う。

それだけ。ぼくは右に向かい、弓矢は左に向かう。

言った弓矢自身も思ったろうが、今のような偶然でもない限り、またはない。人と人との関係はそんなものだ。環境が変われば関係も変わる。友だちがいつまでも友だちでいるわけではない。

とはいえ。

弓矢には借りのようなものがある。返す手段がない借りのようなもの、だ。

それについては、あまり考えたくない。いい記憶ではないから。

外にいたのはほんの数秒。ぼくはすぐに隣のエントランスホールに入り、今度はそちらのエレベーターに乗る。理絵の家を訪ねたあとに気が向けば塾に行くつもりでいたが、気は向かない。塾には行かない。

やけに空が暗かったな、と思い返しながら、十階でエレベーターを降りる。

A一〇〇三号室。自宅。手持ちの鍵で玄関のドアを開ける。

まず初めに、脱ぎっぱなしで置かれた男ものの革靴が目につく。先が細いタイプのそれは、明らかにぼくの父親のものではない。

こんな早い時間に帰ってきても、すでに勉強した箇所と授業内容が重なっていたからとか何とか言えば母親が口出しをしないことはわかっている。

でも今回は失敗。ぼくはまた別の可能性を考慮するのを忘れていた。

今、A棟のわき、植込みの手前には、まちがいなく白いライトバンが駐まっている。住宅販売会社の営業車。マンションの敷地外の道路だと駐車違反の切符を切られる恐れがあるし、敷地内でもエントランスホールのそばではものの数分で住人から苦情が出るので、そこは理想的な場所なのだ。

いやなタイミングで帰ってきてしまった。ライトバンに気づいていれば、前回のように棟の向かいの広場で待つこともできた。でもこうして帰ってきた以上、直後にまた出ていくのはあまりにも不自然だ。

五ヵ月ほど前。今年の二月。気分が悪くなって学校を早退し、自室のベッドで寝ていたときにその営業マンが家を訪ねてきたことがある。

その時期によくひくカゼ。熱は三十八度ぐらいまで上がった。

大声を出さなくても母親を呼べるようにと、部屋のドアは少しだけ開けられていた。

正午前だろうか。インタホンのチャイムが鳴り、母親が応対に出た。

普段なら一度居間に戻り、受話器をとって来訪者が誰かを確認するはずだが、その手間は省かれた。一階エントランスホールからのコールではなく、直接玄関に来られたため、棟内の知り合いだと思ったのだろう。

母親がドアを開けるとすぐに、来ましたよ、という男の声が聞こえてきた。

次いで何やら動きを感じさせる音がした。今思えば、男がふざけて抱きついたりしたのかもしれない。

いかにも普通の会話をしているという調子で、でもやけに早口で、母親は言った。

「今日は息子がいるのよ。カゼをひいたみたいで早めに帰ってきた。熱が三十八度あるの」

「あ、そうですか。そうでしたか」

「また今度にしていただいたほうがいいかも」

「えーと、そうですね。そういうことでしたら。あの、今度また、別のパンフレットをお持ちしますよ」

「そうね。そうしてください」

男は二分と経たないうちに帰っていった。

母親がすぐにぼくの部屋にやってきて言った。訊いてもいないのに説明した。

「住宅販売会社の人なのよ。というより、ハウスメーカー、なのかしらね。そこの営業の人。ちょっとお話を聞こうと思ったの」

三十八度の熱を押して、ぼくは言った。

「家を、買うの？」

「そうじゃないけど。前に広告のチラシが入ってたことがあってね。注文住宅ってどういうものなのか訊いてみようと思って」

結局、そのときあったのはそれだけ。

でもどこかがおかしかった。

商用でやってきた営業マンにぼくが在宅していることを告げる必要はなかった。少なくとも、玄関のドアを開けてまず初めに告げる必要はなかった。それに、一階からのコールを経ずに上がってきたということは、オートロック解除の番号を営業マンが知っているということでもあった。

うんざりした。そんなことにも気づかず、ぼくに言い訳する母親に。その頭の悪さに。そしてその頭の悪さをも含めた人としての生臭さに。

家に入ると、キッチンの流しでガラガラとうがいをする。

それから、スイッと音を立てて冷蔵庫のドアを開け、ガタガタと音を立ててペットボトルの麦茶を出し、トクトクと音を立てて中身をグラスに注ぎ、ゴクゴクと音を立ててそれを飲む。

帰宅を伝える手段とはいえ、あまりのバカらしさに自分でイライラする。

それでも効果はあったらしく、隣接する和室から、何やらあわただしい物音が聞こえてくる。

「誰？　望？」とヒステリックな声で母親が言う。「ちょっと待ってね。今行くから」

そして一分後。襖(ふすま)を開けて出てきた母親のブラウスの襟は見事にめくれている。

「おかえりなさい。早かったわね。もう少し遅くなるんじゃなかった？」

もう少しどころではない。帰りは午後六時すぎになると昨夜告げていたのだ。

が、ぼくは何も言わない。母親がしたような無様な言い訳はしない。

「今、いつもの営業さんが来てるの」

「いつもの？」

「ほら、前に話した人。ハウスメーカーの人。ちょっとお話を聞いてたのよ、注文住宅の」

「ここじゃなく、そっちの部屋で？」

「そう。えーと、ほら、家を建てるときは和室も造るでしょ？　そのことも聞きたくて」と母親もがんばる。

その言葉を受け、和室から営業マンが出てくる。

初対面。胸に会社のロゴマークらしき刺繍（ししゅう）が入った薄手のブルゾンを着た男。思っていたよりずっと若い。四十一歳の母親よりひとまわりは下かもしれない。

マジで？　と思う。母親に対してというよりは、男に対して。

「じゃあ、すいません、これで」と言い、男は居間の床に置かれていた黒いバッグを手にする。

それにパンフレットなどの説明資料が入っているのだろうと思い、つい笑いそうになる。じゃあ、和室では何の説明をしてたんだよ、というわけで。

「あの、ほかにも木の感じをより強く出すとか、逆に壁をコンクリートの打ちっぱなしみたいにするとか、やりようはいろいろありますから。ぜひあれこれご検討いただければ。ではそういうことで」

「ご苦労様」と母親。

男がぼくの胸の辺りを見て言う。

「どうも。こんにちは。えーと、お邪魔しました」

そのまま玄関に向かおうとするので、ぼくは言う。

「麦茶、飲みますか？」

「あ、いや」

「暑かったですよね？　その部屋」

「いえ、あの、だいじょうぶです。すいません。どうもありがとう。じゃ、失礼します」

「見送れば？」とこれは母親に言う。

「そうね」

「いえ、結構ですから。ほんとに」

男は一刻も早く逃げ去りたいという感じに出ていく。

玄関のドアが開き、閉まる。

エレベーターのボタンを連打する男、もしくは到着を待ちきれずに階段を小走りに下りる男、の姿を想像する。

母親にこう尋ねる。

「お父さんは知ってんの？」

「え？　何を？」

「家の話」

「あぁ。まだ知らない」

「そうなんだ」

「望も、お父さんには言わないで」

「何で？」

「ほら、お母さんが一戸建てに住みたいからって一人で勝手に話を聞いてたと知ったら、お父さん、気を悪くするかもしれないし」

お父さんが気を悪くするとしたら、理由はそれじゃないだろ。

と言おうかと思うが、言わない。

別にどうでもいい。ぼくは父親の味方というわけでもないのだ。現状、母親の味方ではないだけ。もし父親に言うにしても、今ではない。どうせなら、何かにもっとうまく利用できるときに言う。

ぼくらは六年前にこの湊レジデンスに引っ越してきた。ぼくが小三になるときだ。

初めは隣の市にある賃貸マンションとどちらにするか迷ったらしい。東京から離れる分、家賃が少し安くなるので、こちらに決めたという。

その代わり、父親の通勤時間は片道十五分長くなった。人がいい父親は、文句も言わずに受け入れている。往復三十分という時間を毎日無駄にしている。

にもかかわらず、母親は留守宅でこんなことをしているわけだ。

「ねぇ、望」とその母親が間を嫌うように急いで言う。「こないだの模擬テストの結果が塾から送られてきたわよ。また一位だった。志望校三つとも安全圏だって。よかったわね」

「勝手に開けんなよ」とぼくは落ちついた口調で言う。「おれのものだろ」

「だって、保護者宛に送られてくるのよ」

「一位なのはおれなんだよ。おれが、おれだけの力で一位になってんだよ」

シャーッという音が微かに聞こえてくる。

窓の外を見る。

雨だ。

十階で窓が閉まっているからその音。地表では、ザーッ、だろう。

まだ午後四時前だが、空は暗い。数分前に外で見たときよりさらに暗い。夜の暗さとはちがう。黒雲の暗さ。

夏ならではのこれ。

ゲリラ豪雨。

結構好きな言葉だ。アンフェアとか、そんなのよりはずっといい。ゲリラに豪雨を組み合わせる。考えた人をほめてやりたい。

その言葉がいいのは、雨に意志が感じられるからだろう。

雨は単なる自然現象。人間を攻撃するために降るわけではない。

なのにその言葉。攻撃される側の人間が考えた。

いい。


夜。ぼくは六度めの襲撃にかかる。

二日続けてというのは初めてだ。思いついたら、とどまれなかった。欲求を抑えることはできなかった。

塾は、七時からの授業に出ただけで自主的に終了。

まずは自転車に乗って駅の東側をさまよう。だが土地鑑に乏しく、不安要素が多いように思われたので、結局は昨日と同じ駅の西側に移動。

そうこうするうちに一時間が過ぎて、人通りも減る。

ぼくはようやく一人の女を標的に定める。

二十代前半。身長約百五十五センチ。痩せ型。ミニスカート。編みサンダルのような靴。一歩ごとに膝に体重をかけるいかにも酒を飲んだあとといった足どり。申し分ない。ベスト。

　小学校の角を曲がったところで自転車から降り、柵を越えて外にはみ出した植樹の陰にそれを駐める。例によって帽子を目深にかぶり、徒歩で女の跡を尾ける。

　女はおあつらえ向きに人けのない通りに入る。防犯カメラはなさそうな場所だ。

　ぼくは足音を立てずに歩き、女との間隔を詰める。二十五メートル。二十メートル。十五メートル。

　人間は不意の物音には機敏に対処できない。それが耳慣れた音ならなおのこと。残り十メートル。助走開始の距離だ。

　得体の知れない怒りに満ちた一歩を踏みだすべく、ぼくは腿の筋肉に力を込める。と、その瞬間。背後から女の声が聞こえてくる。

「会田君！」

　足を止めて振り向く。

　同様に、目の前にいた標的の女も振り向く。

　それほど鋭く大きな声だ。

　自転車に乗った女がぼくのほうへ近づいてくる。女というよりは、女子。誰だかわからない。

「会田君。わたし」

見れば、学校で同じクラス、塾でも最近特Aクラスに上がってきた真鍋美雪だ。

ぼくはそこで視線を戻し、標的の女を見る。

女は、なぁんだ、という顔をして前に向き直り、そのまま歩きつづける。

美雪が、いくらか距離をとって自転車を停める。

突然の登場に、ぼくはとまどいを隠せない。クラスが同じとはいえ、この美雪とは口をきいたことすらないのだ。

そんな彼女がぼくの襲撃の現場に現れ、それを阻止した。これは偶然なのか。偶然でないなら何なのか。

何でこんなところにいるんだよ、と尋ねたい気持ちを抑え、ぼくはこう尋ねる。

「家が、この近くなの？」

「そうじゃない。この辺りは学区外でしょう？」

「あぁ。そういえばそうだ。じゃあ、何で」

美雪はぼくの言葉を遮って言う。

「わたし、知ってるの」

「知ってるって、何を」

「見ちゃったの。昨日、塾の帰りに。会田君、今みたいに後ろから女の人に近づいていった」

ぼくらはともに黙りこむ。

どこまでは見て、どこからは見なかったのか。そんなことを今この場で彼女に尋ねるのは無意味だ。とにかく彼女はぼくという人間について知っていて、ぼくは彼女がぼくについて知っているということを知っている。とりあえずはそれで充分だ。

目をそらした美雪にぼくは言う。

「このことを、誰かに話した？」

「ううん」と美雪は首を大きく横に振る。「誰にも話してない」

「どうして？」

「だって、軽々しく話せることじゃないし、それに」

「それに？」

「わたし、会田君のこと好きだから」

ぼくの標的になるはずだった女は、五十メートルほど先の角を右に曲がる。

彼女が姿を消したことで、ぼくはやっと冷静さを取り戻す。

街灯は大して明るくないが、それでも電球付近には多くの蚊や蛾が集(つど)っている。

微かに聞こえてくる水音は、小学校のプールからのものだろう。おそらく今日が水の入れ替え日に当たっているのだ。

「帰ろう。送ってくよ」とぼくは言う。「こんな時間だから、家の人が心配してる」

「だいじょうぶ。電話したから」

「何て？」

「塾の先生に訊きたいことがあるからって」

「そうか」と言い、ぼくは笑ってみせる。「おれと同じだよ」

二人、来た道を戻る。美雪は自転車を引き、ぼくは彼女と並んで歩く。

様々なことを考え合わせた結果、今日の自分がこれ以上はないと思われるくらいの幸運に恵まれていたことがわかる。

「おれはツイてたよ」と美雪にそのまま言う。「こんなふうになってよかったのかもしれない。いや。まちがいなく、これでよかった」

「三年に上がってクラスが一緒になってから、会田君のことを意識しはじめたの。塾の帰りも追いかけたりして。でもそしたらあんな。わたし、こわくてたまらなかった。ずいぶん考えたの、どうするべきかって」

「何ていうかさ、早い話が、麻薬みたいなものなんだ。一度味を占めちゃうと、そう簡単にはやめられないんだよ。だから苦しかった。いつもいつも、これを最後にしようと思うんだ。でも美雪ちゃんのおかげで助かった。これでどうにかなりそうだって気がするよ。信じてくれる？」

美雪はこくりとうなずく。

ちょうど、ぼくが自転車を駐めておいた場所にたどり着く。

そこでは、さらに追い打ちをかけるような苦々しい現実がぼくを待ち受けている。

その自転車が、ないのだ。見当たらない。どこにもない。

そう。ぼくが標的の跡を尾け、美雪と話をしていたわずかな間に、自転車は盗まれてしまったのだ。

「参った。やられたよ」

アスファルトの路面に唾を吐きたくなるが、美雪の手前、それは思いとどまる。

「自転車？」

「うん」

鍵をかけておかなかったのは失敗だ。これはもう、ぼくの落ち度以外の何ものでもない。

近辺を走りまわって自転車のもとに戻るころには、鍵を解く余裕くらいはできているはずだった。その程度の余裕を見こめないなら、初めから自転車など用意しておくべきではないのだ。

襲撃は未遂に終わり、自転車は盗まれる。ぼくはふくらむ一方の怒りを抑えるのに苦労する。パンツのポケットの中で握りしめた折りたたみナイフがミシミシと軋む。

ぼくの心中を察したつもりか、美雪が言う。

「どうして他人の自転車なんて盗むんだろうね」

でも言った相手はぼく。ほんの数分前に他人を襲撃しようとした男。すぐに失言に気づき、美雪は頬を赤らめる。

ぼくは顔に精一杯の笑みを浮かべて言う。

「ここまではツイてたのにな」

それを聞くと、美雪はそこで初めて緊張が解けたかのように笑う。

機を逃さずに、ぼくは続ける。

「ねぇ、明日の午後、ウチで一緒に勉強しない？」

「え？」

「法事だとか何とかで、両親が実家に帰るんだよ。塾も午前で終わりだしさ、ちょうどいいじゃん。やろうよ」

「会田君は法事に行かなくていいの？」

「今年は受験だから辞退。大事な時期なんで勉強したいって言ってあるんだよ。ね？」

「うーん」と言いはするものの。

最後には、う、と、ん、のあいだの縦棒がとれる。

美雪の返事はこうだ。

「うん」

追撃　根岸英仁

木曜日ではないが、買出しに行く。

黄色い買物籠に入れたのは、焼鳥の五本セットとナムルの盛り合わせと柿ピーの六袋パック。

「あ、珍しい。今日はカップラーメンじゃない」と言いながら、児島さんがレジのバーコード入力を始める。

「昔の友達に誘われたんだよ、ウチで酒を飲もうって。それで、まあ、つまみぐらいは買っていこうと思って」

「昔の友達かぁ。そんなふうに言うと、今はもう友達じゃないみたいですね」

「難しいとこだな。実際に、もう友達ではないかもしれない」

「そんな人と一緒に、お酒飲むの？」

「そう。二十歳を過ぎると、色んなことが少しずつ変わってくるんだよ。少しずつ、でも着実にね」

「ふぅん」と言って、彼女は初めて真顔になる。「十代だと、色んなことが一気に変わりますよ」

「例えば？」

「学校の先生とデキちゃったり、仲がよかった子と口をきかなくなったり」

「それは重いね」

「そうでもないですよ。わたしもやったことあるし」

「先生と付き合ったってこと？」

「じゃなくて。口をきかなくなるって方」

「あぁ」

「一日一日は退屈だけど、確かに、よ〜く考えてみれば、何かしら変化ってありますよね」

「そうだな」

「そのほとんどがよくないこと」

「うん」

「そんなのが、学校にいる間だけじゃなく、この先もずっと続いていくんでしょうね。別にいいけど。じゃあ、お釣り、二百七十三円です」

児島さんが俺に小銭を渡す。互いの指と指がごく自然に触れる、感じのいい渡し方だ。

中には、絶対にこちらの指に触れまいとするレジ係もいる。あれには本当にうんざりさせられる。こっちも触れたくないよ、誰でもいいからとにかく女の肌に触れたい変態じゃないよ、と言いたくなる。

財布に小銭をしまい、その財布をパンツのポケットにしまう。

「飲み会なんてうらやましいなぁ。わたしはラストの九時まで仕事なのに」

「九時か。じゃあ、帰り道はちょっと怖いね」

「それは大丈夫。家はそんなに遠くないから」

「そうなんだ。訊いていいかな。どこなの？」

児島さんはすんなり答えてくれる。

「湊レジデンス」

「え？　同じだよ」

「ほんとに？　何棟ですか？」

「A棟」

「わたしもですよ」

さすがに何号室かまでは訊かない。代わりに言う。

「これから行くその友達もAだよ」

「そうかぁ。湊レジデンスだったんですか。でも、まあ、それだけで顔を知ってたりするわけはないですよね。隣ならともかく、真上とか真下に誰が住んでるかも知らないくらいだし。だけど、何でこっちに買物に来るんですか？　駅前のスーパーの方が大きくて近いのに」

「顔見知りが多いとこってのは、どうもね」

「それ、わたしも同じですよ。湊レジデンスの人はほとんど来ないからって理由で、バイト、ここにしました」

「なるほど。じゃあ、俺が来るのはちょっと迷惑だ」

「そんなことないですよ」と児島さんは例のクニャッとした笑顔で言う。「わたしと同じ考えの人なら大歓迎。飲み会なら、お箸、たくさん付けときますね」

「助かるよ。ありがと」

「あ、そういえば、お客さん」

「ん？」

「もしかして、デイトレーダーですか？」

「え？」

「いや、家で仕事をしてる人なのかなぁ、と思って。だからいつもカップラーメンなのかなって。ほら、あんまり外に出られないから」

「ちがうよ。そういうことじゃない。深夜に働いてるだけ」と正直に言う。「いつものあれは夜食。というか、昼と夜をひっくり返してるから、昼食みたいなもんだけど」

「会社勤め、ですか？」

「いや、バイト」

「あぁ」

「だからさ、俺にしてみれば、このあとも、昼から飲む感じだよ」

「そうですか。じゃあ、夜の昼飲み、大いに楽しんじゃってください」

そして最後にまたこれが来る。

クニャッ。

その悪くない笑顔を何度も思い返しながら、俺は帰路に就く。昨日と同じ鉄道高架沿いの道を、昨日と違い、まさに悪くない気分で歩く。

だが見る間に空に黒雲が広がり、湊レジデンスまで後三分というところで雨がザーッと降り出す。

いきなり全開の、ゲリラ豪雨だ。

小走りになり、三分をどうにか二分には縮めるが、かなり濡れる。Tシャツが肌にへばり付くぐらいにはなる。

三分を一分にできてれば、そこまでは濡れなかっただろう。

そうできなかったのは。

もちろん、俺があの事故の前と同じように走れはしなくなってるからだ。

貴樹の家は、A棟の最上階、十四階にある。一四〇二号室。

母親は二年の有期で転勤になった父親についていき、弟は海外へ留学中。だから貴樹はもう一年以上も3LDKのこのマンションに一人で住み続けてる。

にもかかわらず、インタホンのチャイムを鳴らした俺を出迎えるのは当の貴樹ではない。

女。それも二人。共にこの湊レジデンスに住む、共に貴樹の、ひいては俺の同級生だ。小学校中学校の九年間で何度か同じクラスになったことがある。

薫に関しては、このA棟の一一〇四号室だから、使うエレベーターまで同じだ。といっても、俺は深夜勤務。そこで出くわすことはまずないが。

「わぁ、根岸君、変わったね」

「嘘。全然変わってないよ」

令子と薫。二人に導かれて中に入る。

居間では貴樹がカウチに寝そべってる。色の黒さは相変わらずだが、体にはだいぶ肉が付いたようだ。

「久しぶり」と貴樹が言う。「何年ぶりだ？　三年ぶりぐらいか？　同じとこに住んでるのに、結構会わないもんだな」

令子に渡されたクッションを座布団代わりに、カーペット敷の床に座る。そしてニヤニヤしながら俺を見てる貴樹に訊く。

「これは、どういう？」

「昨日ね」と令子がそれに答える。「帰りの電車で貴樹君と一緒になったの。そこで色々話したんだけど、明日は金曜だからお酒飲もうってことになって。それで薫も呼んだの」

貴樹が電話をかけてきたのは昨日。俺が自宅に戻ってからだ。

九時には来てくれよ、それまでにはどうにか仕事を切り上げて帰るようにするから、と貴樹は言った。だがそれ以上は何も言ってなかったということは、要するに俺を驚かせる腹積もりだったのだろう。郵便局の深夜勤務ではさぞかし女っ気もないだろうと、彼なりに気を利かせたのかもしれない。

昔から、というより、昔もそうだった。貴樹は、単純で、いい奴だ。それは認める。そして今の俺は、単純でいい奴が嫌いだ。昔は違ってたかもしれない。だが今はそう。単純で、いい奴。そんな奴らは、決まって俺に予想外の迷惑をかける。

「根岸君たちのクラスはさ」と薫が言う。「昨日、同窓会をやったんだってね。どうだった？」

「どうって、普通じゃないかな。最後まではいなかったからよくわからないけど」

「何で金曜とか土曜じゃなくて、木曜なの？」

「さあ。幹事の都合とか言ってたかな」

「それはあれだよ」と貴樹が口を挟む。「平日に十人以上で予約するといくらか安くなるからだよ。あの、向こうの駅にあるパブみたいなとこだろ？　あそこはそうなの。聞いたことがある」

「同窓会、わたしたちのクラスは成人式の後に一度やったきりだよね」と令子が言う。

「貴樹君さ、今度やろうよ」

「ああ。おれはいつでもいいよ」

「そうやってみんながいつでもいいって言うだけだから、話が中々進まないんだよ。それこそ何曜だっていいじゃない。みんな、来たければ来るよ」

「じゃ、来月だ。来月やろう」

令子と薫の声が揃う。

「ほんとに？」

「ほんとに。約束するよ。おれが幹事になる」

貴樹が冷蔵庫に入れといた缶ビールで乾杯する。令子と薫は、同じく缶入りのカクテルだ。

まずは俺が買ってきた柿ピーをつまみにして、飲む。それだけで最初の一缶が空く。

女たちは小学校時代の話をする。

令子によれば、四年生の時だけ、俺らは全員が同じクラスだったらしい。

よく覚えてるな、と思う。

「これは六年生の時だけど」と薫。「運動会の地区対抗リレーでさ、貴樹君から根岸君のとこでバトンのミスがあったから、三丁目Bは一位になれなかったんだよね」

そんなこと、ミスをしたという俺自身、覚えてない。

令子と薫が、代わる代わる俺のグラスにビールを注ぐ。

二人はまるで双子みたいだ。顔の造作こそちがうが、言うことは同じ。個性という言葉を限りなく没個性的に使うタイプ。自分らしくとか、本当の自分とか、そんなことばかり言いそうだ。

立ち上がってキッチンに消えた貴樹が、あっという間にたらこのスパゲティを作る。

大皿に盛られたそれを四人で食べる。

「貴樹君、いつも一人で作って一人で食べるんだ」と令子。「何か侘しいね。たまにはわたしが作ってあげよっか」

「わたしもわたしも」と薫。「ちょっとしたおかずくらいなら家に余ってたりするから、今度持ってきてあげるよ」

「いいな、それ。マジで助かるよ」

俺は当然のように三人がそこそこ親しい間柄なのだと思ってるが、話が進むにつれて、彼らも中学を卒業してからはほとんど会ってないのだということがわかってくる。そう知った上で見ると、これは実に不可解な光景だ。どうやら三人が三人共、自分たちは昔から仲がよかったと錯覚してるらしい。

それは何故か。

居酒屋などでなく、個人の家で飲んでるからかもしれない。さらには、同じマンションの住人という連帯意識が働いてるのかもしれない。つまり、一戸建て組二丁目Aに対しての、集合住宅組三丁目Bだ。

集合住宅。赤の他人と壁一枚を隔てて暮らす家。妙な連帯意識が生まれる一方で、妙なライバル意識も生まれる家。

俺にはどちらもない。幸いにもライバル意識はないが、残念ながら連帯意識もない。これは令子と薫だけにでなく、貴樹についても同様だ。

貴樹と俺は、もはや互いに弱みを晒し合える関係ではなくなってる。今後、俺らが決定的な仲違いをすることはないだろう。いいことだ。素晴らしい。仲違いをするには、まず仲がよくなければならないのだ。

自分でも意外なことに、今日の俺は、昨日とは打って変わってよくしゃべる。重くならない程度の自虐ギャグを連発し、息が切れるまで三人を笑わせる。

相手が少人数である場合に限るが。その気になれば、人を笑わせるのは簡単だ。誰にでも、笑いを誘われる特定のパターンがある。それを見極めればいい。

肩を揺らせて笑ってる三人を見ながら考える。明日以降、彼らと同じ電車に乗り合わせるようなことがあっても、決して自分から声をかけたりはしないだろうな、と。

三人はかなり酔ってる。俺はビールの三百五十ミリリットル缶三本分だけ酔ってる。数えてるから間違いない。

「今度四人でキャンプにでも行こうぜ」と貴樹が言い、

「それいいね」と令子が言う。

「あ、根岸君、乗り気じゃな〜い」と薫が言い、

「当たり」と俺が言う。

ただの本音だが、三人はそれを聞いても笑う。

キャンプ。

今のこの暮らし自体がそれだとは思わないかい？

というその質問はビールと共に飲み込む。口には出さない。

その後さらに飲み食いし、令子と薫と俺は貴樹宅に泊まる。

なし崩し的に居間で雑魚寝。そのまま数時間が過ぎる。

そして肌寒さを感じて目を覚ます。

エアコンがつけっ放しになってるせいか、喉が痛い。

俺にとっては昼飲みでもあるせいか、頭も痛い。

空缶やら柿ピーの空袋やらが散らばってる。

カウチで眠ってるのは薫だ。貴樹と令子の姿はない。令子は帰り、貴樹は白室のベッドで寝てるのかもしれない。

掛時計の針が四時を指してる。

起き上がり、居間を出て、足音を立てずに洗面所に向かう。

貴樹の部屋から、ベッドが軋む音と人の息遣いが聞こえてくる。本来なら激しくなるべきとこを無理に抑えたような息遣い。二人の人間の。

信じ難いが、間違いはないらしい。

どうしたもんかと、俺は部屋の前に立ち尽くす。どうしたもんかも何もない。気づかれない内に戻るしかなさそうだ。

だがそこへ、やはり足音を立てずに薫がやってくる。

彼女は俺に体を密着させ、どうしたの？　とばかりに首をかしげる。

俺は貴樹の部屋のドアを左手の人差し指で指す。

「もしかして？」と薫が言い、

「みたいだね」と俺が返す。

どちらも小声。芯のない声だ。

「信じられない」

「確かにな」

「あの二人って、そうなの？」

「知らないよ」

俺と薫はそのままゆっくり後退し、LED電球だけが点された居間に戻る。俺がカウチに座り、薫がわずかなスペースを空けて隣に座る。

体からアルコールが抜け切ってはいない。冷蔵庫にまだ缶ビールがあるだろうが、飲む気にはならない。変な立場だ。空気が重苦しい。

寝るなら弟の部屋を使って、と貴樹が言ってたことを思い出す。寝るなら。こうなると、その言葉が生々しい。

「やる？」

俺の問に、薫はこう答える。

「いいけど」

上げられた語尾に、寧ろ行為への期待が感じられる。最近カレシと別れたばかりだと薫が言ってたことも思い出す。いい人だったけど、面白みには欠けたかなぁ。笑いのツボとかもちがったし。

何だろう。ひどくバカげた感じがする。何が？　同じマンションの下と上に住む男女がこんなきっかけでセックスをすることが。

「俺のこと、知ってる？」

「何を？」

頭がひどく痛い。耳鳴りもする。脳内の血管を血がドクドク流れる音。それが耳鳴りとして聞こえてるような気がする。負荷がかけられるべきでないところに負荷がかけられたためにしなる歯車の心棒。そんなものもイメージされる。

「帰るよ」

そう言って、立ち上がる。

薫が驚いた顔で俺を見る。正しい反応だと思う。これが普通なのだ。

俺は今ここで、というか貴樹の弟の部屋で、薫とやるべきなのだろう。もしも真っ当な人間であるならば。

後で苦笑いを伴って振り返ることができるような二十代の思い出を、確実に一つこしらえておくべきなのだろう。もしも真っ当な人間であるならば。

俺は真っ当な人間だが、その真っ当さの基準が貴樹や令子や薫のそれとは違う。

そういうことなのだと思う。

反撃　入江弓矢

明け方までゲームをやってたせいで、起きたのは昼すぎ。

洗面所で顔を洗ってから居間に入っていくと、そこには二人がいる。

充也は動画配信サービスで昔のアニメを観てる。

そこへ小夜がアイスコーヒーを運んでいく。

お前、ウェイトレスかよ、と思う。

「はい、これ」

小夜はテーブルにグラスを置き、そのまま充也の隣に座る。

ウェイトレスなら座んなよ、とそこでは思う。

「あぁ、これ、懐かしいなぁ。わたしが子どものころですでに再放送だったよ」

二人がいるソファに座る気はしないので、おれはダイニングテーブルの前の椅子に座る。

アニメを観はじめた小夜は、滑稽（こっけい）な場面が出てくるたびに笑い、隣の充也にもたれかかる。

充也は充也で、特にいやがるわけでもなく、小夜がもたれかかってくる合間にアイスコーヒーを飲む。

寝起きのそれには、本当にうんざりさせられる。何度めかのもたれかかりのときに、思わず言葉がこぼれ出る。

「ベタベタすんなよ」

小夜が振り向いて言う。

「ん？　あぁ、起きてたの。何か言った？」

「ベタベタすんなって」

「あ、何、弓矢、妬いてんの？」

「は？　バカかよ」

「わたしが充也君と仲よしだから妬いてんだ。そうでしょ」

無視する。

とても三十六になる女が言うこととは思えない。母親が息子に言うこととも思えない。この家で暮らすのは楽じゃない。二度に一度はこうして相手の発言を無視する必要があるのだ。

「もう」と小夜は言う。「ほんと扱いづらいわよね、このくらいの歳の男の子って。充也君はちっともそんなことなかったのに」

もちろん、これも無視の対象だ。

「そうそう。これ言っとかなきゃ。管理人さんから通知が来てた。また自転車の盗難があったから、駐輪場に駐めておくときも鍵は絶対かけておくようにって」

無視。

「弓矢、聞いてる?」

また無視。

「お~い」

「かけてるよ」口を開いたからには言う。「盗まれるやつがバカなんだよ。盗むほうと盗まれるほう。どっちもバカ」

小夜を意識して言った言葉だ。小夜自身、自転車を盗まれてるから。

「わたしも鍵はかけてたわよ」

「ダイヤルの番号を一つずらしてただけだろ?」

「そう。そうなの。甘かった。失敗。で、反省」と小夜は笑う。「とにかく気をつけてね。弓矢も、充也君も」

「うん」と充也が言う。

おれは無視。

小夜はやがてソファから立ち上がり、外出の支度にかかる。

おれはレーズンバターロールの袋から一つを取りだしてかじり、グラスに注いだ牛乳を飲む。

欲を言えば冷たいカフェオレにしたいとこだが、インスタントコーヒーの粉を溶くための湯がないので断念する。ポットに湯を入れておくという発想すらない小夜をあらためてうっとうしく思う。

メイクと着替えを終えた小夜が再び居間にやってくるのは二十分後。

何とかいうブランドの服にこれまた何とかいうブランドの腕時計。それに香水。わたしが買えるんだから高いブランドじゃないわよ、と小夜は言うが、ブランド物はブランド物だ。

弓矢の母ちゃんてきれいだよな、と言ったのは歩馬だが、おれはそうは思わない。精神年齢が低く、体形もそれほど崩れておらず、母親らしいところは微塵もないので、例えば授業参観なんかのときにほかの母親たちとくらべると目立ってしまうだけの話だ。

「じゃ、弓矢、出かけるからね。今日も、夕飯は充也君と二人でどうにかして。お金、置いとくから」

これも前からの流れで無視。

「親父は今日帰ってくる？」と充也が尋ね、

「連絡がないからまた延びるんでしょ」と小夜が答える。

「今回は、ギリシャだった？」

「さあ。どこだったかな」

そこでおれが口を開く。

「どこ行くんだよ」

「ん？」と小夜。

「どこに出かけるんだよ」

「あぁ。今日は、昔からのお友だちに会うの」

「友だちって誰だよ」

「わたしが弓矢の歳だったころからのお友だち」

ここで無視。

その友だちが男なのか女なのか、それを訊こうかとも思うが、訊かない。

「じゃ、充也君、玄関の鍵、閉めてもらってもいい？」

「おれも一緒に出るよ。人と会う約束があるから」

「あ、そうなの」

充也がリモコンでテレビを消して立ち上がる。

二人は居間を出て玄関に向かう。

それぞれが靴を履く時間を経て、小夜の声が聞こえてくる。

「じゃあね、弓矢。塾、ちゃんと行かなきゃダメよ」

玄関のドアが開き、閉まる。

次いで、鍵をかけるカチャリという音も聞こえてくる。

「充也君充也君」とおれは小夜の口調をまねて言う。「何なんだよ、お前ら」


インタホンのチャイムが二度続けて鳴る。

充也だろう。

ファミレスで昼飯を食べてきたか、図書館経由でコンビニ弁当でも買ってきたのだ。鍵を持たずに出ていくところが充也らしい。いや。鍵を持たずに出たふりをして、おれの手を煩わそうとしてるのか。

少しじらしてやれ、と思い、玄関のドアの前で立ち尽くす。充也が悪態をつくのがドア越しに聞こえてきたらおもしろい。

でもそんな声は聞こえてこない。だからといって、三度めのチャイムが鳴る気配もない。

おれは鍵を解き、ドアをゆっくり押し開ける。

外には女が立ってる。年齢は二十前後。黒髪。

「こんにちは」と女が言い、

「こんちわ」とやや遅れておれが言う。

「マツザワといいますけど。入江君、いる？」

「いや」

「出かけてるんだ？」

「うん」

「すぐ戻るかな」

「さあ」

「そっか」

マツザワは考える。外向きにそろえて並べられた二足のサンダルと、今まさに脱ぎ捨てられた感じのおれのスニーカーを眺めて。

充也の部屋で写真を見たことがあるので、おれは彼女を知ってる。写真。おれが暇つぶしに充也の机の引出しを漁ってたときに見つけたものだ。乱雑に突っこまれてたその写真は、ここから歩いて二十分ほどの人工海浜で撮られたらしく、中心からずれた位置に充也と彼女が写ってた。

並んではいるものの、二人はどちらもあまり楽しそうではなかった。カレシカノジョの写真、という感じですらなかった。

そして今、間近に見る実物の彼女は、写真の印象とはかなりちがう。一言で言ってしまえば、きれいだ。

彼女がおれの肩越しに奥を見て言う。

「誰かいる？」

「いない」

「じゃあ、待たせてもらっていい？」

「いいけど」

言いながらも、少し迷う。勝手に彼女を充也の部屋に入れてしまっていいものかと。

「ありがとう」とマツザワがドアを引き開ける。

まあ、いいか、と思う。

スマホという便利なものがありながらこうして不在のとこへ訪ねてくるのはどう考えても不自然だ。

でも、おれではないほうの入江君を訪ねてきた、つまり充也とは友好関係にあると判断すべきマツザワが待ちたいと言ってるのだから、追い返すわけにもいかない。仮にマツザワが充也の机の引出しを漁るとしても、それはおれの責任じゃない。彼女が充也の知り合いらしいので入れてやるだけだ。充也のためを思って。

マツザワが中に上がる。

「ここ」

そう言って、おれが充也の部屋を指すと、そこに入っていく。

ドアを閉めるつもりはないようなので、おれもそれはしない。自分の部屋に戻り、ベッドに横になる。

スマホでゲームをやる気にはならない。漫画を読む気にもならない。

これまでに何度か読みだしては投げだしてきた外国の小説を、今度こそ読んでみることにする。翻訳小説。父が持ってた本だ。

が、そこばかり十度以上も読んでる最初の五、六ページを読んだとこでやはり目は活字を追わなくなる。

マツザワが充也なんかのどこに惹かれたんだろう、と思う。これといった取り柄もない充也と、少なくとも容姿の面では取り柄がある彼女が付き合う理由がわからない。

結局、充也の無能さに惹かれたということなんだろう。おれにしてみれば理解しがたいことだが、そういうことはよくあるのだ。

例えば歩馬。何ごとにも無関心な充也と何にでも首を突っこんでくる歩馬はタイプがまるでちがうが、無能という点では共通する。

歩馬はその無能さにおいてかなり高いランクにいる。充也でさえ足もとにも及ばないくらいの高みだ。それはもう誰の目にも明らか。学校の教師も近所のおばさん連中も、歩馬を優秀だとは絶対に思わない。

ただ、それでも。留奈がどうこうと自分で言ってたとおり、歩馬の周りにはいつも誰かしら女子がいる。その意味で彼が不自由を感じることはないのだ。もちろん、無能ということで言えば、今の相手の留奈だって相当なもんだけど。

マツザワが来てから三十分が過ぎても、充也は帰ってこない。

枕もとのソーラー電波目覚まし時計が、ちょうど三時であることを示す。

音もなくドアが開き、マツザワが顔を覗かせる。

おれは読んでもいないのに開いてた本を閉じて身を起こす。

戻ってこないみたいだから帰るね。

そんな言葉がマツザワの口から出てくるのを予想する。普通ならそうだろう。

でも彼女は普通じゃないらしい。おれの予想は見事に裏切られる。

「弓矢君の部屋？」

何だよ弓矢君て、と思いながら、おれは言う。

「そう」

入っていい？　とは訊かずに部屋に入り、後ろ手にドアを閉めると、マツザワはそのドアに寄りかかる。

「本、読むんだ。充也と同じだね」

「読んでないよ」

「手にしてるじゃない」

「読んではないよ」

「何それ」そしてマツザワは言う。「充也と、顔は似てないね」

それには返事をしない。真意を測りかねたのだ。

カチッという小さな音がする。マツザワがドアの鍵を閉めたらしい。

おれはベッドから下り、机の前に立つ。

マツザワが床に散乱する塾のテキストや学校の教科書を踏まないよう気をつけながらおれのわきを通り、ベッドの縁に座る。

「何？」とおれが言い、

「よかったね、似てなくて」とマツザワが言う。

会話が嚙み合わない。どちらもが習いたての外国語を話そうとしてるみたいだ。

「充也に電話してみれば？」と言ってみる。

「いい。もう話したから。ファミレスで」

もう話した。ファミレスで。

よくわからない。話したのなら、会いには来ないだろう。

「で、何？」

「女の子とセックスしたこと、ある？」

「あ？」

「ある？」

「わかんないよ」

「わかんないことないじゃない。自分のことなんだから」

「そういう意味じゃなくて」

自分がセックスをしたことがあるのか、それがわからないのだ。

女子の膣（ちつ）の中で射精をして初めて完了、ということなのであればないし、それぞれが裸になって性器に触れ合ったりするだけで充分、ということなのであればある。そういうことだ。

場所はこの部屋で、相手は真鍋美雪という小学校のときの同級生だった。

ちょうど去年の今ごろ。父は当然のように仕事で家におらず、小夜はコンビニでのパートに出てた。うまい具合に、充也も県外に住む友だちを訪ねてた。

その日、おれらは初めからそれをするつもりでいた。スマホで電話をかけると、美雪はすぐにやってきた。

おれらは大して話もせずに服を脱ぎ、ベッドに横たわった。美雪が慣れないメイクをしてきたせいで、口紅がおれの頬や胸に付いた。美雪のあそこが少しだけ潤い、おれのペニスは勃起してた。その時点で、おれが美雪に電話をかけてからまだ一時間も経ってなかった。

何ごとも初めてのときは勢いが大切。おれはそう考えてた。自転車泥棒を初めて叩きのめしたときと同じだ。

おれはまあこんな感じだろうという具合に美雪の乳首を撫で、美雪もまあこんな感じだろうという具合におれのペニスを撫でた。

でもそれまでだった。勢いはそこで急に止まった。緊張が途切れた、と言うべきかもしれない。

お互いを撫でまわしながら、おれらは、それまでは見るのをあえて避けてた相手の顔を同時に見た。で、やっぱやめよう、と言ったのだ。おれが。

別に美雪がどうこうではなかった。コンドームの用意を忘れたとかそういうことでもなかった。事実、忘れてはいたが、それが理由でもなかった。

何か、バカらしくなってしまったのだ。これから自分のペニスを美雪のあそこに挿しこんでせっせと腰を動かしたりすることが。そして気も進まなかったのだ。射精をしたあとのバツの悪さを味わうときに美雪がそばにいたりすることが。

結局、美雪は脱いだ服を着て家に帰っていった。じゃあ、また、と別れ際におれは言ったが、またはなかった。

「そういう意味じゃないって、どういう意味？」とマツザワが尋ねる。

「どこまでいけばしたことになるのかがわからないんだよ」とおれは正直に答える。

「じゃあ、途中までしたことはあるんだ。ヤラしい」

そう言うと、マツザワはベッドから立ち上がる。

おれは机の前からジリジリと真横に移動し、壁にピタリと背をつける。

マツザワがおれの目をじっと見つめる。

おれもマツザワの目をじっと見つめ返す。

彼女はゆっくりと腰を屈め、床に両膝をつく。

左膝の下には中綿がヨレヨレになったクッションがあり、右膝の下には学校から夏休みの宿題として出された数学の問題集がある。

マツザワはおれの顔を見上げ、おれが逆らわないこと、おれがこれから起こると予想される事態を受け入れる準備を終えたこと、を確認する。

森の奥から微かに聞こえる野生動物の鳴き声のような音がして、クロップドパンツのチャックが下げられる。おれは両手のやり場に困り、それを背後にまわして自分の腰と壁のあいだに挟みこむ。

一瞬の静止のあと、マツザワはチャックの上のボタンを外す。チャックの隙間からペニスを出すのでなく、パンツそのものを下ろしてしまうことにしたらしい。

そして実際にパンツが下ろされ、間を置かずにボクサーパンツも下ろされる。

そのときになって初めて気づいたのだが。ペニスはすでに勃起してる。

マツザワはそのペニスを左手でつかみ、ためらわずに口に含む。

湯船に浸かるのでもない。自分の手で握るのでもない。初めて感じる類の生温かさがペニスをじんわりと包みこむ。

マツザワの顔を真横から見た光景を想像する。歩馬の父親が隠し持ってたAVの映像とダブる。

それが自分の身に起きてることだとはとても信じられない。別の角度から自分の目で見下ろしてさえいるのに。

マツザワは指で根もとをつかみ、上下の唇でペニス全体を摩擦する。

多角的に加えられる刺激によって自分のペニスが脈打つのがわかる。

世界がざわざわと動きだす。何故か腰がひんやりし、地に足がついてない感じがする。ゲル状になったいろいろなものを、いろいろなとこから浴びせられてるような感じもする。

読みだしては投げだしてしまう外国の小説に出てきた混沌という言葉を思いだす。いつも五、六ページしか読まないのに、その五、六ページに五、六回出てくるのだ。

周りを激しい風が吹いてる。

おれは固く目を閉じて、いろいろなとこから浴びせられるいろいろなものの端々をつかみ取ってどうにか自分のものにしようとする。でもそれらはどれもぎりぎりのとこでおれの手をすり抜けていく。

最後の瞬間を自分でコントロールすることはできない。それは高波のようにザブンとおれをさらっていく。

おれは水中とも空中とも宇宙ともつかないとこに放りだされ、このきりもみ状態は延々と続くにちがいないと予感する。

でもそう予感しながらも、いつの間にかきちんと足から着地してる。

おれは偶然にも自分が何かをつかんだことを知る。

そうすることに大きな意味があるかのように、ゆっくりと目を開ける。

いいことを思いついた。

罠(わな)だ。


スニーカーを履いて外に出ると、おれは玄関のドアに鍵をかける。

マツザワが帰ってから数分経つが、エレベーターはまだこの十三階にある。彼女は階段を使って一階まで下りたのかもしれないし、隣宅の誰かが帰ってきたのかもしれない。

エレベーターに乗りこみ、叩くように閉ボタンを押し、扉が閉まりはじめるより先に1ボタンを押す。

エレベーターは、下降を開始したと思ったらすぐに十二階で停まって扉を開き、乗客を一人増やす。

「望」とおれが言い、

「弓矢」と望が言う。

「久しぶり」

「だね」

会田望。

彼とは小学校四年と五年のときにクラスが同じだった。そのころは結構仲もよかった。同じ市立の中学に通うはずだったが、おれが私立の試験に受かったので、そうはならなかった。

望も受ければ余裕で受かったよ、と、当時おれは望と顔を合わせるたびにそんなことを言ってたが、おれじゃ受からなかったよ、と、望は毎回そんな返事をした。

望が住むのは一〇〇三号室。なのに何故こっちのエレベーターに十二階から乗ってきたのか。

まあ、どうでもいい。

それは訊かずにおれは言う。

「成績、一番らしいじゃん」

「周りがバカなだけだよ」

「おれの学校にも、バカはたくさんいるよ」負け惜しみに聞こえたかと思い、こう続ける。「といっても、みんな、おれより成績はいいけど」

「そうなの？」

「そう」

そしておれらは黙る。エレベーターでよくある妙な沈黙だ。おれは意味もなく階表示を眺め、望は意味もなく扉のガラスを眺める。

「そういや、あいつ、いなくなったよ」とおれが言う。

「あいつ？」

「あのおやじ」

「あぁ」

「あのあとも店に居つづけてたから図太いやつだと思ってたけど、最近見なくなった」

「そうなんだ」

あいつというのは、コンビニで働いてた男。名前は確か、北見（きたみ）。

小学五年のとき、望はその北見に金を脅しとられそうになった。店でガムか何かを盗ろうとしたとこを捕まったのだ。

北見は、親や学校には言わないから金を出せと言ってきた。小五にとってはまとまった額の金をだ。

望はその金をおれに借りようとした。おかしいと思ったので、おれは理由を訊いた。初め望は言い淀んだが、やがてあきらめたようにすべてを打ち明けた。

おれはその場で思いついたことを望に話し、望はその作戦を実行した。それが案外うまくいき、金をとられなくてすんだ。

別に望を助けたつもりはない。恩を売ったつもりもない。北見みたいなクソ野郎に好きなようにさせたくなかっただけだ。

それで望とさらに親しくなったかと言えば、そんなことはない。むしろ逆。その件で望とのあいだには距離ができた。

おかしな話だが、わかることはわかる。望にとっておれは、いやなことを知ってる相手なのだ。

でもおれ自身は何とも思ってない。望が金をとられなくてよかった。思ってるのはそのくらいだ。あとはこれ、市立の中学とはいえテストでずっと一位なのはすげえ。

北見が勤めてたコンビニでは、その後、何と、小夜も働くようになった。そこでパートを始めたのだ。

そうなったことで、すでに四十代ではあったはずの北見が店長でも何でもなかったことを知った。小夜がたまたま口にした店長の名字は北見ではなかった。やつはただのバイトだったのだ。

四十代にしてバイト。会社をクビになったのかもしれない。だからこそ、小学生から金を巻きあげるなんてことを思いついたのかもしれない。何にしても、本物のクソ野郎だ。

エレベーターが一階に着き、扉が開く。

降りて通路を抜け、外に出る。

「じゃあ」と望が言い、

「また」とおれが言う。

このまたは、たぶん、あるだろう。望は住んでる棟まで同じだから。

望と別れると、おれは通用口のほうへ歩く。

パンツのポケットからスマホを取りだして、航陽に電話をかける。ＬＩＮＥのメッセージではない。通話。これはちゃんと話したい。

数度のコールのあと、航陽はようやく電話に出る。

「もしもし」

「もしもし。おれ」

「弓矢か。どうした？」

「罠だよ、航陽。罠を仕掛ければいいんだ」

「罠？」

「わざと鍵のかかってないチャリを置いといて、やつらをおびき寄せるんだよ」

それを聞いて、航陽は黙る。すぐには返事をしない。

「もしもし、航陽？」

「ああ」

「なあ、やろうぜ」

「罠ね」と航陽は言う。声に笑みが混ざったように聞こえる。「弓矢さ、お前ってすごく頭がいいけど、やっぱ相当イカれてんな」

それがいい意味か悪い意味か考え、結論を出せないまま言う。

「イカれてないやつなんていないよ」

「でも普通考えないだろ、罠を仕掛けるなんてとこまでは」

「こんな狭苦しい町に住むやつらはみんなどこかしらイカれてる。そんでおれは、他人のチャリをかすめ取るやつより自分のほうがイカれてるとは思わないよ」

航陽が再び黙り、それにならっておれも黙る。今度は航陽より先に口を開きはしないつもりだ。

「お前みたいなやつは好きだよ。頭がよくてイカれてるなんてやつはさ」

「それは、やるってこと？」

「やるよ。今日は用があるから明日な。明日は明日でまた部の試合があるけど、相手は強いらしいんで、たぶん負ける。その憂さ晴らしにはなるだろ」

「歩馬は呼ばないつもりだから、おれと二人ってことになるけど」

「そうか。まあ、そのほうがいいだろうな」

「おれもそう思うよ。明日、試合は何時？」

「二時すぎに終わる。四時には帰れるよ」

「じゃあ、夜だな。今日のうちにいろいろ考えとくよ」

「ああ。四時すぎにまた電話くれよ」

「わかった。それじゃあ」と言って、おれは電話を切りかける。が、すぐにこう続ける。「あ、そうだ。航陽さ」

「ん？」

「女に口でしてもらったこと、ある？」

「ないな。口で最後までっていうのは」

「最後までじゃなければ、あるんだ？」

「あるな」

「そっか。あるのか」

やっぱすごいな、航陽は。望とはまたちがう感じにすごい。

「で、どうだった？」

「どうって？」

「弓矢もしてもらったんだろ？　よかったか？」

「うーん。まあまあ、かな」

「そうか。じゃあ、おれもさっそく頼んでみるかな」

「頼んでみるって？」

「今日の用ってそれなんだよ。女と会うんだ」

「あぁ」

「じゃ、とにかく明日な」

そう言うと、航陽はおれの返事を待たずに電話を切る。

口でしてくれた相手は誰だったとか、どんな状況であったとか、そういうことを尋ねてこないのが航陽のいいとこだ。

余計な情報は入れない。航陽は、おれなんかより遥かに頭がいい人間だ。私立中学の試験に合格するといった類の頭のよさじゃなく、無駄に敵をつくらないといった類の頭のよさ。彼は人間というものについて多くを知ってる。そしてそれをひけらかすようなまねは絶対にしない。

と、ここでいきなりザーッと来る。

雨だ。ゲリラ豪雨。一気。凄まじい。

おれはエントランスホールのほうに引き返そうとするが、やめる。近くにいた住人たちがあわてて駆けだす中、駆けださない。そのままそこに立ち尽くす。

上を見る。大きな雨粒に眼球を直撃され、思わずまぶたを閉じる。が、またすぐに開ける。また閉じる。

それを何度もくり返す。

降りやがれ、と思う。いつもみたいに何分かでやむな。簡単にやむな。降って降って降りまくれ。この狭苦しい町が丸ごと水没するくらい降れ。十四階建てのマンションなんてあっさり底に沈めてしまうくらい降れ。

降りやがれ。

目撃　入江充也

弓矢一人を残し、小夜と二人で家を出る。

五階に停まっていたエレベーターを呼び、それに乗り込む。

「約束って、カノジョ？」と小夜に訊かれ、

「まあね」と答える。

「どこで会うの？」

「ファミレス。駅前の」

一階でエレベーターを降り、通路を抜けて外に出る。

すでに陽射しは強い。気温もこれからさらに上がっていきそうだ。

二人で駅に向かって歩く。

しばらくして小夜が言う。

「充也君には言っておくけど」

「何？」

「わたし、お父さんと別れることになると思う」

「え？」

「たぶん、そうなっちゃうと思う」

「そうなんだ」としか言えない。

「はっきりしたら、もう少しきちんと話はするけど」

「うん」

「これから会うお友達もね、ダンナさんと別れてるの。色々聞いてみたいなと思って」

「あぁ」

「って、こんなこと、充也君に言うべきじゃないか」

昨日は知人の結婚式で、今日は友人に離婚相談、というわけだ。

横断歩道を渡り、小夜が言う。

「じゃあ、いってきます」

「気をつけて」

「ありがと。充也君はそういうことを言ってくれるから好き。弓矢とは大違い」

駅前で小夜と別れる。

改札口に向かうその後ろ姿を数秒眺めてから、僕は鉄道高架と交差する道を歩き出す。

離婚。父太一郎(たいちろう)と義母小夜の、離婚。

予想できなかったことではない。が、何となくこのままいきそうな感じもあったから、意外ではある。

順当なら、と僕は考える。弓矢が小夜に引き取られて谷村姓になり、僕がそのまま入江姓を受け継ぐことになるだろう。

弓矢も父につくことを希望するという事態も考えられなくはないが、それぞれの血のつながりから判断して、最後は、小夜が弓矢で父が僕、という形に落ち着くはずだ。どうなるにせよ、転居などは弓矢の高校受験が終わる来年以降に持ち越されるだろうが。

約束の午後一時半に遅れること十分。ファミレスに着いてみると、松沢瑞穂はいつもの窓際の席に座り、つまらなそうにドリンクバーのアイスティーを飲んでいる。

「遅いよ」とだけ瑞穂は言い、

「ああ」とだけ僕は言う。

僕のお冷やを持ってきたウェイトレスに瑞穂はパンケーキを頼み、僕はドリンクバーを頼む。

すぐに席を立ち、カップのコーヒーを持ってきて、座る。それでやっと落ち着く。

瑞穂の顔を見るのはほぼ一ヵ月ぶりだ。お互いに大学の前期試験があったのでそうなった。まあ、なくてもなっていたかもしれない。

宮代京子の部屋に通い出してから、瑞穂とはあまり会わなくなっている。気まずいとか後ろめたいとかいうことではなく、そうすることが面倒だと感じるようになったせいで。

　昨夜見たテレビ番組の話と、これまた昨夜隣駅の近くで起きたというひったくり事件の話をする。それだけでもう話題は尽きてしまう。

「そういえばさ」とクリームが載せられたパンケーキを食べながら瑞穂が言う。「昨日の朝、ラヴの散歩をしてる時に、あの人を見たよ」

「あの人？」

「ほら、あの、事故の」

「あぁ。根岸さん」

「そう。その人」

「声かけた？」

「まさか。かけるわけないでしょ。わかってる？　わたし、追っかけられたのよ」

「追っかけられたっていうのは違うだろ。そうしたのは、瑞穂の誤解を解くためだったんだから」

「それはあの人が自分でそう言ってるだけ。ほんとにわたしが誤解しただけなら、普通、走ってついてくる？　そのまま放っておけば済む話じゃない」

「でも男の立場からすると、いやなもんだよ。そのままにしといて、跡を尾け回されたなんて言われたら」

「わたし、そんなこと言わないよ」

「うーん」

その、うーん、を聞き、瑞穂は露骨に不機嫌な顔になる。

「充也さ、この話になると、いつもあの人のことかばうよね」

「そんなつもりはないよ。ただ、大学四年の四月に事故で両足を骨折なんて、かなりの大ごとだろ？　就活だって思うようにできなかったはずだしさ」

「それがわたしのせい？　救急車呼んであげたの、わたしなんだよ」

「瑞穂のせいなんて言ってないよ。結果的に向こうの被害も大きかったって話をしてるだけ」

この件に関する僕の見解に瑞穂が不満を抱いていることは知っている。そもそも、僕らがギクシャクし出した原因はそれではないかと思われるくらいなのだ。

瑞穂は、僕が全面的に彼女を擁護し、根岸に対する嫌悪を共有することを望んでいる。というより、当然そうであるべきだと考えている。

だが話を聞く限り、被害者は根岸だ。もちろん、瑞穂にも非はないが、それでも根岸が不運な事故の被害者だという事実は変わらない。

「だからさ」と僕は言う。「何ていうか、そのことは、あんまり人に話さない方がいいんじゃないかな」

「別に話してないですけど」と声音に怒りを込めて瑞穂は言う。

「でも撮影旅行で月に一度しか帰ってこないおれの父親までもが知ってるよ」

「誰かが話したんじゃないの？　近所の人とかが」

言うべきではないと思うが、僕は言う。

「でなきゃ、瑞穂のお母さんとか」

これまでにも何度かその話をしたことがあるが、ここまで踏み込んだことはない。痛いところを突かれ、瑞穂は黙り込む。

僕は二杯めのコーヒーを取りに行き、戻って、飲む。やはり黙って。

正直に言って、僕は瑞穂の母親が苦手だ。

過去に一度だけ、松沢家を訪ねてその母親に会ったことがある。

その一度で充分だった。

彼女は、隣近所と同じ面積の土地に他よりは大きな家を建ててそれを自慢してしまうような女だ。ものが二つあればその優劣を問わずにはいられない。そんな女。

実際、彼女は、娘が初めて連れてきたカレシである僕に、ウチは角地だからよそよりは値が高いとか、このお茶は何処産だからよそのよりはおいしいとか、そんな話ばかりをした。

そして言葉の端々に、彼女の価値観において集合住宅の湊レジデンスは間違いなく一戸建てよりも下であるということをチラつかせた。

僕は驚いた。こんな人が本当にいるんだな、と少し感心したくらいだ。

「もうこの話はおしまい。つまんないよ」と瑞穂が投げやりに言う。が、すぐに気を取り直してこう続ける。「ねぇ、これからどうする？　久しぶりにどこか行こうよ。映画なんかどう？」

「無理だな」と僕は言う。

「何かあるの？」

「ちょっと」

「ちょっとって？」

「まあ、色々」

「色々って何よ」

「あれだよ。大学の友達と会うことになってるんだよ、東京で」

「電話ではそんなこと言ってなかったじゃない」

「その後にまた電話が来て、そういうことになった」

稚拙な嘘だ。嘘を真実に見せようという気にさえならない。瑞穂がそれをどう捉えようと構わない。

もう終わりだな、と思う。そろそろ別れ時、ということだろう。

「充也さ」

「ん？」

「わたしの他に、女いない？」

「何だよ、それ」

相手が宮代京子でなかったら、僕はおそらく正直に、いる、と言っていただろう。だが宮代京子のことを瑞穂に説明するのは困難なので、嘘の上塗りをするにとどめる。

「いないよ、そんなの」

瑞穂は何も言わない。黙って僕を見るだけ。

「じゃあ、時間がないからもう行くよ」

僕は伝票をつかんで席を立ち、会計を済ませて店を出る。

そして来た道をたどって湊レジデンスに戻り、一階で待機していたエレベーターに乗る。

自宅がある十三階のボタンを押すことで、エレベーターは上昇を始める。

三階、四階、五階、と来て六階を通り過ぎたところで八階のボタンを押す。そうするのが遅過ぎたせいでエレベーターが停まらないならそのまま十三階まで上って自宅に帰ればいいし、停まったら停まったで降りなければいい。

だがエレベーターは八階で停まり、僕はそこで降りる。

やはりわかっているのだ。

たとえ停まらなかったとしても、僕は十三階でエレベーターを降りない。どうせ八階に下りてくる。戻ってくる。

八〇一号室のインタホンのボタンを押す。

しばらくの間があって、ドアが開く。

「二日続けてなんて珍しい」と宮代京子が言い、

「うん」と僕が言う。


まだセックスを知らなかった中学生の頃、セックスは色々なことを変えるのだろうと僕は思っていた。セックスを知った途端、急劇に多くのことが変わり、目の前に新しい世界が開け、新しい価値観が瞬く間に構築されるのだろうと。

だが実際にセックスを知り、それが生活の中にある一定の位置を占めるようになった今、僕はセックスが多くを変えはしないことを知っている。

そう。セックスはほぼ何も変えない。変えるなら、事を悪い方に変える。例えば今のように。

セックスの後、宮代京子はカーディガンを羽織って赤ワインを飲み、僕は寝室から持ち出したタオルケットを肩に掛けてコーヒーを飲む。居間は相変わらず冷え切っているので、そのくらいでちょうどいい。

「あなたのお父さんのこと、知ってるの」と宮代京子が言い、

「そういうの、やめてくれよ」と僕が言う。

宮代京子は、これまでに何度も自らの口で自らのことを僕に話してきた。

まず最初に、自分は息子と死別したのだと言い、僕はそれを信じた。その手の話を信じない理由がないから、信じた。

次に、自分は三度離婚しているのだと言った。僕はそれも信じた。三度というその数の具体性を信じない理由がないから、信じた。

死別した息子は何番目の夫の子どもなのか尋ねると、彼女はきょとんとした顔を見せ、僕にこう尋ね返した。息子って？

レストランのシェフ。長距離トラックのドライバー。ホテルのオーナー。警官。それから歯科医に新聞記者。三人であるはずの彼女の夫の職業は、僕が記憶しているだけでもこれだけの数に上る。

死別した息子以外の家族も続々登場した。

超一流私大を首席で卒業したのに海外を放浪する道を選び、そのまま音信不通にな

っている息子。音大をこれまた首席で卒業したのに尼僧になると言って家を飛び出したままこれまた音信不通になっている娘。

七十歳を過ぎてから賞金七億円の宝くじに当たり、わずか一週間でその金を使い切った伯父(おじ)もいたし、その一週間が過ぎてから元夫である伯父のもとへすり寄ってきた元伯母(おば)もいた。

本当のこと以外なら、宮代京子は何でも口にした。そして少なくとも話をしているその間は、自分でもそれらをすべて事実だと思い込んでいた。

だから宮代京子が彼女自身に関することを話している時は、異論を挟まずに聞くことにしていた。お話としては面白くもあったから。

だが今のように、その話の中に僕自身にも関わる事柄を混入させようとした場合、黙っているのは危険なので、それを見過ごすことはない。

「フリーのカメラマンでしょ?　お父さん」

「それはおれが言ったんだよ」

「知ってるのよ、本当に」

「知ってるとしても、やめてくれよ」

宮代京子は、驚いたような顔で僕を見つめる。

「どうしたの?」

「どうもしない」

「怒ったの？」

「怒ってはいないよ」

そう言って、宮代京子の顔を見つめ返す。

僕は彼女のこの驚いたような顔が好きなのだ。

その顔は、悪くない。年齢を超越した感じがある。何かこう、普遍的な価値があるような気がする。

どうせ錯覚にしか過ぎないとは思うのだが。

「帰るよ」と僕が言い、

「そう」と宮代京子が言う。

「腹が減ったんだ。朝からコーヒーしか入れてないんで」

まさにそう。小夜が入れてくれたアイスコーヒーと、ファミレスで飲んだ一杯。そして今ここで飲んだ一杯。腹に入れたのはコーヒー四杯のみ。

だとしても言い訳めいたことを言ったと、少し後悔する。僕はセックスをしにここへ来たのだから、セックスを終えたら帰ればいいのだ。腹が減っていようといまいと、そんなことには関係なく。

八〇一号室から出て静かにドアを閉めると、僕は大きくゆっくり息を吐く。そして吸い、もう一度吐く。

熱気に身を包まれる。一瞬、火に包まれた感覚にもなる。

中と外では気温が十五度はちがうはずだ。体中の毛穴が困惑している。すぐに汗を出してしまっていいものか、脳からの指令を待ち受けるみたいに。

エレベーターは一階に停まっている。

僕はスマホで時間を見る。十五時五十一分。

宮代京子の家にいたのは一時間強。まさにセックスをしてコーヒーを一杯飲んだだけ。

エレベーターに乗る前に矮小な空でも眺めてやろうと振り返る。

そこには瑞穂がいる。松沢瑞穂という名前の、僕が付き合っている女がいる。

ガラス扉の向こうの非常階段。その七階と八階の間の段に立ち、こちらを見ている。つまり見上げている。瑞穂であることは確かだ。いくら何でも、彼女を他人と見間違えはしない。

瑞穂はその場所からガラス越しにじっと僕を見ている。見るだけ。こちらへ来るつもりはないらしい。

となると、ガラス扉を押し開けて、僕が行くべきなのかもしれない。だがこの絶望的な暑さやら空腹感やらが僕を引き止める。他にも、この町の空気やら何やらが、とにかく僕を引き止める。

瑞穂が何故今この場所にいるのか。そんなことは考えるだけ無駄だ。

瑞穂はいる。もう、いる。ファミレスでは質問の形をとっていたが、僕に女がいることを知っているのだろう。さすがに、宮代京子がどんな女なのかまでは知らないだろうが。それは僕も知らない。

互いに何もしないまま、数秒が過ぎる。

瑞穂が僕から目を逸らし、振り返る。ゆっくりと階段を下りていく。

踊り場を過ぎ、その姿が僕の視界から消える。

これで見納めになるのだろうな。と、そんなことを思う。

しばらくの間、瑞穂が立っていた辺りをぼんやり眺める。次いで柵の向こうの景色に目を移す。

景色といっても、隣接する二十五階建てのマンションが見えるだけ。この八階からでは、空さえ満足に拝めない。

ようやくガラス扉を押し開け、僕は階段に足を踏み出す。踊り場へと下っていく。

扉の外側はさらに気温が高い。

弱々しい風が、弱々しい癖に東京湾の生々しい臭いを運んでくる。それが人工海浜に打ち上げられる名前のわからない海藻や大量のクラゲの死骸(しがい)を思い起こさせ、空腹なりに軽い吐き気を覚える。

瑞穂が階段を下りていく足音は聞こえてこない。

代わりに、サーッという雨音が聞こえてくる。同時に雨粒が踊り場に吹き込んでくる。

改めて見る空は暗い。黒いと言ってもいい。

予報では対応しきれないゲリラ豪雨、なのだろう。地表では、サーッ、が、ザーッ、になっているにちがいない。

瑞穂は帰れるかな、と思う。ファミレスまで歩いて来ていたから、自宅にも歩いて帰るはずだ。

まあ、いいか。どうせすぐ止むだろうし。止まなかったところで、弓矢がいる家に上げるわけにもいかないし。

断章　情交

「あぁ。梅雨は明けたっていうのに相変わらずの湿度。いやになるね」

「ほんと。明けたと言っておきながらゲリラ豪雨とか降ってるし」

「そうそう。洗濯物、見事にやられた。びっしょびしょ。洗い直し」

「ウチはどうにかセーフ。理絵が取り込んでくれた」

「女の子はいいね。ウチは駄目。二人とも男だから。といっても、上の子が入れてくれはしたんだけど。間に合わなかったみたい。すごかったらしいもんね、雨」

「うん。すごかったよ」

「若絵も家にはいなかったんだ？」

「教室にいた。フラワーアレンジメントの。呑気にお花いじってる場合じゃないいんだけどさ。そろそろパートを探さなきゃいけないし」

「それはわたしも同じ」

「小夜は離婚が先でしょ。色々落ち着いてからにしなよ。パートしながら離婚することもないじゃない。で、何、洗濯物がアウトってことは、小夜も出かけてたの？」

「うん。昔の友達に会ってた」

「もしかして男だったりして」

「ちがうよ。中学の時の友達。彼女も離婚したから、あれこれ聞いてきたの。弁護士さんのこととか、財産分与のこととか。って言うほど財産があるわけじゃないけど」

「いや、あるでしょ。その筋では名が知れたカメラマンなんだから」

「あったら賃貸のマンションに住んでないよ。フリーで稼いでる人なんてほんの一握り。ローンだって、まず組めない」

「フリーでやれてること自体がすごいけどね。ウチのダンナなんて、そういうことができないから我慢して福岡に単身赴任してるわけだし」

「でも楽じゃないよ。撮影の費用を自分で負担しなきゃいけないことも多いし、機材も高い。なのに、気に入らない相手だと途中で仕事を降りちゃったりする」

「あらら。そんな時は、お金、入らないの？」

「入らない」

「うわぁ。それはなしだわ。わたしならキレる」

「それはわたしもキレた」

「で、その上に浮気だ。相手は、わかってないんだよね？」

「わかってない」

「やっぱり調べた方がいいんじゃない？　探偵社に頼むとかして」

「今日会った友達もそう言ってた。証拠はつかんでおいた方がいいって。でも何か、それはいいかなって思う。そういうのはいやだなって。逆にそこまで執着があるのかって気がしちゃう。向こうも、浮気してることは認めてるし」

「認めてるの？」

「そう。してますとはっきり言ってるわけじゃないけど、否定はしない。だからこそ、もう無理だと思った。隠そうともしてくれないわけだから」

「でもいざ離婚となったら、浮気なんてしてないとか言い出すかもよ」

「それはないかな。そういう人ではないのよ」

「離婚しようって相手をそこまで信じることもないでしょ」

「そうなんだけど。そんなとこで変に力を使いたくない。だから弁護士さんとかも立てたくないの」

「まあ、離婚は結婚の三倍疲れるって言うからね。いや、もっとだっけ。イタタタッ」

「何？」

「あぁ。わたしも三十六。歳かな。最近さ、こんなふうにちょっと長電話してるだけで手が疲れんのよ」

「もう一時間だから、ちょっとではないけどね」

「二十分ぐらいでもそうなるよ。何度もスマホを持ち換えちゃう。右手と左手で。わたしも理絵が使ってるイヤホンマイクを買おうかな。ハンズフリーにできるやつ」

「あれ、ちょっといやじゃない？　近くで使われたら、話しかけられたのかと思っちゃうし。独り言を言ってる危ない人なのかとも思っちゃう」

「確かに。夜道だと、ドキッとするよね。特にこのところ、ひったくり事件があるし」

「自転車泥棒もね」

「あぁ。そういえば、通知入ってたね。自転車置場に置く時も鍵かけろって。言われなくてもかけてるけどね。それでも盗られたってことなんじゃないの？　鍵を壊されて」

「どうなんだろう。そこまでは書いてなかったけど。防犯カメラを付けろとかってことにならないよう、書かなかったのかも」

「付けちゃえばいいのにね。というか、付けてほしいよ」

「それならそれで反対が出るんじゃない？　毎月の管理費とかも上がるかもしれないし」

「あぁ。それは無理。今だって高いのに。でもほんと勘弁してほしい。とっとと捕まえてほしい。それで懲役とかでもいいよね。執行猶予も付けなくていいよ」

「自転車泥棒だって、れっきとした窃盗だからね。わたしも弓矢に言っちゃったよ。

あんた、絶対に人の自転車を盗ったりしないでよって。乗り捨てられてるのを借りるのも駄目だからねって。もちろん、冗談でだけど」

「弓矢君は、何て？」

「無視」

「無視！　なの？」

「いつもそうなのよ。弓矢は大変。わたしとはほとんど口をきいてくれないし。きいてくれたと思ったら突っかかってくるし。思春期真っ只中（ただなか）。たまにちょっと怖くなるよ。思春期だからではないような気もして。理絵ちゃんは、大丈夫？」

「あの子は平気よ。学校では禁止だけどアルバイトもさせてるし。ある程度は自由にしてやらないと息が詰まっちゃうから。お兄ちゃんの方はどうなの？　えーと、充也君」

「すごくいい子。血のつながりはないけど、初めからわたしを受け入れてくれたし。正直、父親よりずっと性格もいい。こっちがダンナだったらって思うもん」

「若いしね」

「そういう意味じゃないけど」

「じゃあ、紹介してよ」

「は？　何それ」

「もう二十歳過ぎてるでしょ？」

「二十一」

「オッケー。わたし、その充也君と浮気する」

「やめてよ。カノジョがいるんだから。いなきゃいいってことでもないけど」

「不倫かぁ。一度はしてみたいような気もするけど、それで家庭を壊す気にはなれないわ。って、そう言ったら小夜に悪いか」

「いいよ。ほんと、壊さないで。壊さないで済むならそれに越したことはないよ」

「了解。大人しくパートでも探すわ。次は何にしようかな」

「またコンビニは？」

「それはもういいかな」

「仕事の要領はわかってるんだから楽じゃない。系列店ならやることは同じだろうし」

「まあね。でも、ほら、北見さんみたいな人がいたらいやじゃない。小夜と知り合えたのはよかったけど」

「北見さん。いたね」

「会社をリストラされてコンビニでバイト。あんなふうにはなりたくないわ。あの人、もう四十四とかでしょ？　リストラされんのもわかるよ。仕事しないし、態度悪いし。その上、粘着質。最悪。店長、それこそクビにしちゃえばよかったのに」

「でも週五でフルに入ってたからね」

「で、休まないの。そこはちゃんとしてんのよね。いつもいるから、周りにしてみれば迷惑だけど。ねぇ、知ってる？　あの人、バックルームで休憩中にスマホでエロサイトとか見てたの」

「いや。そうなの？」

「そう。普通、そんな場所でそんな時に見ないでしょ。その後も仕事なんだよ」

「それは、店長に言ってもよかったんじゃゃない？」

「言えないよ。ただ見てただけだから。こっちが向こうのスマホを覗き見た、みたいなことになっちゃうし。でも今思えばあれかな。わざと気づかれるように見てたのかな。そういうエロおやじだったんだよ。他人の反応を見て楽しむ、みたいな。いやだいやだ。気持ち悪っ！　次はそんな人がいなそうなとこを探すわよ。って、探しようがないけど」

「あ、弓矢、帰ってきた」

「え？　今？」

「うん」

「遅くない？　もう午前〇時だよ」

「友達の家で一緒に勉強してたの。十階の子。エレベーターは違うけど、棟は同じだから」

「あぁ。それなら、まあ」

「だとしても遅いけどね」

「弓矢君と同学年の子がいるんだ？」

「うん。会田君。すごく頭がいい子」

「弓矢君だっていいじゃない。私立に行ってるんだから」

「でも弓矢よりずっといい」

「へぇ」

「といっても、嘘っぽいけど」

「嘘っぽいって？　ほんとは頭、よくないの？」

「そうじゃなくて。わたしには会田君のところに行くって言ってたけど、弓矢、どうせ行ってない。遊び歩いてただけ」

「そうなの？」

「たぶん。じゃ、ごめん。切るね。また」

「うん。また」

土曜日　曇

襲撃　会田望

塾の授業を午前中で終えての午後二時。美雪がぼくの家にやってくる。

特Aクラスに上がってきたことでもわかるとおり、美雪は急速に学力をつけている。それでもぼくと志望校が重なっているのは、レベルが低いほうの私立だけ。

最初の二時間は、英単語の問題を出し合ったりして、真面目に勉強する。

エクスペリメント＝実験。エクスペリエンス＝経験。エクスキューズ＝弁解。エクスペクテイション＝期待。エクスプロージョン＝爆発。

その後、ぼくはインスタントコーヒー、美雪は紅茶を飲みながら、あらかじめ買っておいたチョコレートケーキを食べる。

美雪のカップには、口をつける辺りに口紅だかリップだかの色がうっすらと残る。洗い忘れると後々面倒なので、ぼくは彼女に気づかれないよう、ノートの欄外にc upと書く。

「わたし、弱いのは数学だなぁ」と美雪が言う。「会田君はいいよね。不得意科目が一つもないもん」

「そんなことないよ。おれだって、数学は得意じゃない」

「でもこないだの模擬テスト、何点だった？」

「九十八、かな」

「一問まちがえただけじゃない。それも、どうせちょっとしたミスでしょ？」

「ミスはミスだけど、それがテストで出るようじゃダメなんだよ」

「ほら。わたしとはもう言うことがちがうもん。ほかの科目は、またみんな百点だったんでしょ？」

「まあね」

「そうでなきゃ一位にはなれないもんね。ほんと、うらやましいよ。入江君もすごいと思ったけど、やっぱり会田君のほうが上だね」

「入江君」とぼくはその名を復唱する。「弓矢か」

「入江君、今の学校ではかなり下のほうなんだって」

そのことは知っているのに言う。

「そうなんだ？」

「うん。そこに行ってる友だちが言ってた」

「そういえば、弓矢と付き合ってたって話を聞いたことがあるけど」

「付き合ってたっていうほどじゃないよ」

「てことは、付き合ってなかったっていうほどでもないわけだ」

「まあ、そうなのかな。わたし、何か、自分より頭のいい人を好きになっちゃうみたい」

「弓矢とか」

「うん」

「おれとか」

それを聞くと、美雪は照れ臭そうにうなずく。

おれもそうだよ、と言いたくなるが、言わない。自分より頭のいい人が好きだとぼくが言うと、美雪のことは好きでないことになってしまうから。

唇の端についたチョコレートクリームを拭ってやるべく、ぼくは彼女の隣に座る。下手な手口だとは思うが、こんなときにはこの種の不自然さこそが自然であるとも言える。

美雪が黙りこむので、ぼくは横から手を伸ばしてそっと彼女の手を握る。彼女が拒否の意思を示さないことを確認した上でゆっくりキスをする。

まずは額。次いで頬。そして唇。あとはもう、唇のみ。

ぼくらは両手を互いの肩に添えながらキスを続ける。

やがてぼくが言う。

「少し休もうよ」

「休んでる、んじゃない？」

「いや、ほら、横になってさ」

「でも」

その先は続かない。ぼくが続かせない。

ベッドの上で、美雪の服を一枚ずつ脱がせていく。

理絵のときはバスタオル一枚だから簡単だった。しかも理絵が自ら外した。

今回はそうもいかない。案外手間どる。美雪が恥ずかしがらないよう、自分も同じペースで服を脱いでいく。

美雪の乳房は理絵のそれにくらべると小さい。でもこれから時間をかけて大きくなっていきそうな気配がある。

セックスには一時間を要した。

コンドームは五度めの襲撃で得た物を使った。現金のほかにも、それだけは残していたのだ。

ことを終え、二人でベッドに横たわる。

そのときになってやっと、ぼくはある事実に思い当たる。

それは、話に聞いていたような出血が美雪には見られなかったということだ。

ぼくは当然のように美雪が初めてであると考えていた。行為の最中の痛みを感じている表情も、とても演技とは思えなかったのだ。

まあ、そんなことはいい。美雪が処女であろうとなかろうとかまわない。シーツが血で汚れなくてよかった。さすがにそれを母親にごまかすのは大変だから。

裸のまま、ぼくは美雪とじゃれ合うようなキスをくり返す。そんな自分たちの様子をスマホで撮影する。

「ちょっと。やめようよ」

「いいじゃん。記念だよ、記念」

「でも恥ずかしいし」

「好きな人のことは撮りたいよ」

そんなぼくの言葉に、美雪はあっさり折れる。

ベッドに並んで寝ているところ。笑いながら頬を寄せ合っているところ。そのもの、キスを交わしているところ。

撮るからにはたくさん撮る。隠し撮りなどする必要はない。必要はないどころの話ではない。むしろ、撮られたことを美雪が知っていなければならないのだ。今後、ぼくの襲撃をバラさせないようにするためにも。

「会田君、ほんとにわたしのこと好き？」と甘えるような声で美雪が尋ね、

「好きだよ」とためらわずにぼくが答える。

「明日も会いたい」

「明日は無理だな。用があるよ」

嘘ではない。美雪と会うこと以上に大事な用ならいくらでもあるのだ。

例えば数学の勉強をするとか、二度寝をするとか。すでに五回読んだ本をもう一回読むとか、昼寝をするとか。


午後六時に美雪を送りだすと、ぼくはスマホの画像を確認し、美雪が使ったカップとフォークを洗う。

それからシャワーを浴びたり冷凍食品のえびピラフを食べたりし、家を出て玄関のドアに鍵をかけたのが午後八時。

エレベーターは、運悪く、十階を通過した直後。九階、八階、七階、と下降していくところだ。

そして一階で数秒間停まってから上昇を始め、約二十秒を費やしてようやく十階に到着する。

と思ったら、目の前を通過してさらに昇り、一つ上の十一階で停まる。

扉のガラス越しにはっきり見えた。乗っていたのは、二十代前半の女。

上階の住人。話したことはないが、ぼくは彼女の名前を知っている。カオル、だ。

夜、塾から帰ってきたときに何度か車の助手席にいる彼女を見かけたことがある。

車はたいていA棟のわき、植込みの手前に駐められていた。ぼくの母親の相手である営業マンも駐めている場所だ。運転席にはいつも男がいた。一度は彼女と男がキスをしていた。していなかったときに、ぼくは男が彼女をカオルと呼ぶのを聞いたのだ。

そのカオルを降ろしたエレベーターが十階に下りてきて、停まる。扉が開く。

そこに乗りこんだ瞬間、ぼくはセックスがしたくなる。三時間前にしたばかりなのに、今また無性にしたくなる。

感情を一切無視したセックス。性欲を満たすためだけのセックス。いや、性欲からも切り離されたセックス。AVの中でおこなわれているような、吐きだすだけ吐きだして吸収することは何もないセックス。

相手は誰でもいい。キスをしているときはとてもヤラしい顔になるカオルでもいいし、頭の悪い留奈でもいい。美雪の出現によってぼくの襲撃から救われた標的の女でもいいし、クラス担任の佐川でもいい。理絵でもいいし、ヴァイブレーターの母親でもいい。知っている女、知らない女。とにかく誰でもいい。

これで明日の用ができたな、と思う。明日は理絵のところへ行こう。母親が在宅していて都合が悪いというなら、ぼくのところへ呼び、とびきり刺激的で変態的なセックスをしてやろう。それがどんなものなのか、まだその具体的なイメージは湧かないが。

湊レジデンスを出ると、ぼくは駅前をウロついて、鍵のかけられていない自転車を盗む。そしてペダルが内側にねじ曲がったそのボロ自転車に乗り、涼しくも何ともないもやっとした風を受けながら、当てもなく町をさまよう。

猟場である隣駅のほうまで足を延ばすつもりはないし、実際に襲撃をするつもりもない。ただ、いい標的が現れればそれも辞さないというくらいの気持ちは用意しておく。

鉄道高架で上り電車と下り電車がすれちがい、双方が遠ざかっていく。

走行音が消えると、町は静かなものだ。

週末の夜が穏やかに過ぎていこうとしている。

前から一人の男がおぼつかない足どりで歩いてくる。

歳は四十代後半ぐらい。何のために酒を飲むのか、もはやその意味さえ自分ではわからなくなり始めている酔っぱらい。人生の峠を越え、あとは飲めるだけの酒を飲み、坂道を下るしかなくなっている酔っぱらい。

歩道でのすれちがいざま、ぼくは男が吐きだす酒臭い息を嗅ぎとる。というか、嗅ぎとらされる。自分の肺の中にわずかでも男の息が入り込む。それを考えるだけで気が滅入る。

次の瞬間、ぼくは男の顔に見覚えがあることに気づく。それが決して忘れられない顔であることに気づく。

すぐにそうとわからなかったのは、男が下を向いていたから。そしてもう一つ、男がかなり老けこんでいたからだ。前頭部の髪の生え際は見事に後退し、残った部分にも多くの白髪が交ざっている。

でもまちがいない。

北見だ。

小学校五年生のときだから、今から四年前。

その年の春から、ぼくは進学塾に通わされるようになっていた。湊レジデンスから歩いて十分のところにあったその塾は、今はもうつぶれてしまっているが、当時は少数精鋭主義をうたい文句にした宣伝ビラを撒き散らし、少数精鋭のはずなのにそこそこの数の児童を集めていた。

その塾と湊レジデンスのあいだには一軒のコンビニがある。

ぼくは塾からの帰りによくその店に寄って買い食いをしていたのだが、そこで初めて盗みをした。

直接のきっかけは、二個のキャラメルを手にとろうとした際に商品棚から落としてしまったこと。

身を屈めてそれを拾ったぼくは、その位置がレジからは死角になっていることに気づき、一つを素早くパンツのポケットに入れ、残りの一つだけを商品棚に戻した。

本来なら金を出して買わなければならない物がただで手に入る。その感覚はぼくにとって新鮮だった。やがてこの行為は習慣化し、ぼくはそこで頻繁に盗みをやるようになった。

そしてそのときが訪れた。

その日も何食わぬ顔で商品棚の前に立つと、ぼくはいつものようにキャラメルを床に落とした。しゃがみ込み、それをポケットに隠して立ち上がった。

ゆっくり振り返ると、そこには北見が立っていた。いつの間にかレジカウンターの中から出てきていたのだ。

低い声で北見は言った。

「何をしてる」

「何って」

言葉に詰まった。ぼくはまだ十一歳。失敗について考えることはできても、それに対処する術は持ち合わせていなかった。

「出して」と北見は言った。「ほら、ポケットに入れた物を出して」

目の前が真っ暗になるというのはこのことだ。ぼくは一瞬にして自分が窮地に陥ったことを悟った。涙腺が意思とは無関係に緩むのを感じ、黙ってキャラメルを差しだした。

北見は受けとったそれを商品棚に戻して言った。

「名前は？」

「会田」

「アイダ何君だ？」

「望」

「そうか。アイダノゾム君か。話があるから奥に来て」

ぼくは北見に続いてカウンターの中にまわり、奥の事務室に行った。

北見はぼくを椅子に座らせて言った。

「学校で物を盗んじゃいけないと教わらなかったか？」

対してぼくは何も言わず、うつむいて床の染みを見つめていた。今でも覚えている。

かなり大きな黒い染み。初めはゴキブリかと思ったくらいだ。

今なら、物を盗む人間はそれが悪事だと学校で教わらなかったからそうするのではないということを例えば英語でだって説明してやるが、当時のぼくには無理だった。

「お父さんやお母さん、それと学校の先生に言いつけたりはしないよ」と北見はぼくを見下ろして言った。「でも君は悪いことをしたんだから、やっぱり罰を受けなきゃならない。それはわかるよな?」

ぼくは黒い染みにますます焦点を絞り、そこを凝視した。そうやって視界を狭めていれば外敵から身を守れるかのように。

「持ってる金、出して」

つまるところ質問ではなく指示を待っていたぼくはその言葉にしたがい、持っていたお金を出した。三百円強、だ。

「何だよ。持ってんのか。でも足りないな。うん。これではとても足りないよ」

そんなわけがなかった。ぼくが盗ろうとしたキャラメルは、せいぜい百五十円。罰金として同額をとられたとしても三百円。収まるはずだ。

「金、持ってきて」

「え?」

「家から。ある金、全部。それで許すから」

本当にそうした。

ぼくは一度家に戻り、そのときにあった金を北見に渡した。お年玉の残りやその月の小遣いなどを合わせて三千円程度。バカ正直に、全部だ。

当然、それで終わりだと思っていた。

北見は言った。

「じゃあ、来月もね」

「いや、それは」

「来月だって小遣いはもらうだろ？」

「でも、こんなには」

「いくら？　小遣い」

「千円」とそこも正直に言ってしまった。

「何だよ。今は小五でそんなにもらってんのか。おれなんてそのころでも五百円ぐらいだったよ。じゃあ、その千円と、あと二千円、どうにかして」

「どうにかって」

「お年玉貯金みたいなのがあるだろ。銀行の通帳とかに入ってるよな？」

「でも自分では」

「何か買うとか言って、下ろしてもらいな。いや、物だとあれだから、友だちと映画を観に行くとか、そんなだな。そこはうまくやって。見た感じ、頭はよさそうだから、やれんでしょ」

ぼくが黙っていると、北見はさらに言った。

「親に言うなら言いな。でもさ、親はいやだろうな。自分の子が泥棒だと知ったら」

これでぼくは知った。大人にもクズがいるのだということを。いや、知ってはいたのだ。でもそれを隠そうともしないクズもいるのだということは、このとき初めて知った。

ぼくは小五なりに考えた。

お年玉貯金は、確かにゆうちょ銀行の通帳に入っていた。管理は母親がしていた。下ろすことを母親に頼もうとは思わなかった。映画でもバレるような気がした。そのほうがむしろ不自然なのだ。だったら、友だちと映画に行くからお金ちょうだい、と言うほうが自然。小学生は、自分の貯金を下ろして映画を観に行ったりはしない。では、実際にそう言って母親から金をもらうのはどうか。もらった上で、映画には行かないのだ。

でもそれはそれでバレそうな気がした。何か訊かれたときにうまく答えられない。行ったと嘘をついて金をかすめ取ろうとした。まさにそう思われるかもしれない。

ということで、弓矢に金を借りることにした。父親がそこそこ有名なカメラマンの弓矢は、小遣いを結構もらっていたのだ。

そのことを頼むと、弓矢は言った。

「何で？」

当然の質問だ。小五で金の貸し借りなどしない。中三の今だって、しても百円単位。なのに二千円。何で？　となる。

そこでの嘘の用意はなかった。思いきって打ち明けてしまった。そのほうがいいような気もしたのだ。ちゃんと理由を言えば、弓矢は貸してくれるかもしれない。

でもそこで弓矢が貸してくれたのは意外な物だった。ICレコーダーだ。会話などを録音するあれ。場合によっては相手に知られないように録音することもできるあれ。父親が新しい物を買ったので、お下がりにもらったらしい。遊び道具の感覚で、弓矢自身も何度か使ったことがあった。

「これでそいつの声を録音しろよ」と弓矢はぼくに言った。「刑事ドラマとかでそういうのやってるじゃん。人に聞かれたらマズいことを言わせて録音すんの。で、もしこれ以上やるならネットに流すって言うんだよ。そしたらもう無理だろ。そいつも動けないよ。大人なんだから、望よりそいつのほうが絶対にヤバい」

そこでも、本当にそうした。

次のときにぼくはお金を五百円しか持っていかず、もう少し待ってほしいと頼んだ。

うまいことに、北見はやはりベラベラしゃべった。ぼくが誘導するまでもなく、前回と同じような脅し文句を並べ立てた。大漁と言ってよかった。

来週までに持って来いよ、と言われ、ぼくはコンビニを出た。

近くの公園でその録音を聞いた弓矢が、ICレコーダーからメモリーカードを抜いてぼくに預け、すぐに店に行った。そう。ぼくがではなく、弓矢が行った。

だからここからは聞いた話。

ねぇ、おじさん、と弓矢はレジにいた北見に気軽に声をかけたらしい。そしてICレコーダーを見せてこう言った。声、きれいに録音されてたから。おれの友だちにこれ以上タカったら全部バラすから。

弓矢はすごいな、と感心した。頭がいいというのはこういうことを言うんだな。そう思った。

その件で、ぼくには二つの変化が起きた。

まず一つ。そのコンビニには行かなくなった。まあ、そうだろう。誰だってそうなる。

もう一つはこれ。誰だってそうなりは、しないかもしれない。ぼくはそのことについてあれこれ思い悩むのを避け、勉強に集中するようになった。

遊びではダメだった。それでは思考を制限することはできなかった。だからぼくは勉強だけに集中した。頭の中のまだ埋まっていない部分に早く何かを詰めこみたくてしかたがなかった。ひととおりのことを覚えこみ、適当な教材がなくなってしまうと、次は効果的な勉強法を生みだすことに専念した。

中学に上がり、初めて中間テストを受けたとき、ぼくは自分が学力に秀でた生徒であることを知った。順位は一番だった。でもそんなことで母親みたいに無邪気に喜んだりはしなかった。そんなものは、ただの結果でしかなかった。

そして今。目の前に、妙な形でぼくの学力向上に貢献した北見がいる。

体に贅肉をつけた北見は四年前より十キロは重くなっていそうだが、ぼくには彼がとても小さく見える。ぼく自身が大きくなっているのだ。

自転車から降り、それを児童公園の柵に立て掛けると、ぼくは歩いて北見の跡を追う。

北見は鉄道高架沿いの歩道を行くが、やがて左折し、細い道に入る。保育園と空地とに挟まれた、夜は人が歩くことのない道だ。

そこで立ち止まり、北見は保育園のフェンスに向かって立ち小便を始める。

それを見た次の瞬間にはもう、ぼくは走りだしている。北見が立つ場所までは約二十メートル。全速力を出すにはちょうどいい距離だ。

真横から北見に体当たりを食らわす。

無防備な北見はまともに吹っ飛び、路面をゴロゴロと転がる。

それでも、さほど打ちどころは悪くなかったらしく、どうにか起き上がろうとする。

「気をつけろよ、この野郎」と無様な格好のまま言う。

酔いのせいで、そんなふうに激しく吹っ飛ばされていながらも、故意に体当たりを受けたとは考えないらしい。

「気をつけないね」とぼくは言う。「おれは気をつけないよ」

「あ？　何だ、おい」

「おれが誰だか、わかる？」

北見はそこでやっと、おそらくは霞(かす)んでいるのであろう目を大きく開いてぼくを見る。

数秒後、微妙にその表情が変わる。ぼくが誰か気づいたらしい。

そう来なきゃいけない。そうでなきゃ困る。これはいつもの襲撃とはちがう。何故自分がやられるのかを、北見は知っていなきゃいけない。

今になって思えば。恐れることなどなかった。単なる小学生の悪事。母親に知られてもよかったのだ。それをとがめる資格がある母親でもないのだし。

この四年、家から一番近いコンビニに行けなくてとても不便だった。わざわざ遠くて品ぞろえが悪いコンビニに行かされていた。それだけでも、北見を叩きのめす理由にはなる。コンビニエンス、の意味は、便利、だ。そこにあっても行けないなら、便利ではない。

尻餅(しりもち)をついたような格好でズルズルと後退する北見のほうに、ぼくは足を踏みだす。ナイフなど、取りだすまでもない。

まずは一蹴り。ドスッという鈍い音が響き、北見が腹を抱えてうずくまる。安物デニムの開いたままのチャックから萎(しな)びたペニスが顔を出し、その先から小便の滴が垂れている。見えるのだ。ちょうど街灯の下だから。

肩、背中、尻、再び腹。と、ぼくは数発の蹴りをくり出す。

「録音は消してないから」と北見に言う。「まだ残してるから」

そうやってしゃべるとよくわかる。口の中は血の味で満たされている。体当たりをした際に、自分の歯で下唇を噛んでしまったらしい。唾液(だえき)のそれとは異なるいやなぬめりが舌から頰の裏にまで広がる。

今の北見は、どこから見ても哀れな中年男だ。いや、あのときからもうすでにそうだった。そんなやつにいいようにやられたかと思うと腹立たしい。今のこの哀れさまでもが腹立たしい。

ぼくは北見を蹴りつづける。

そして。

この男の命は、今、完全にぼくの掌中にある。

そう思えたところで足を止める。

いつもの襲撃ではないので、こいつから金はとらない。北見を見かけたからやっただけ。やっていいやつだからやっただけ。やっておくべきことだから、やった。

でもノルマを果たした感じはある。棘(とげ)を抜いた感じもある。

いつもの襲撃とはまたちがう奇妙な高揚を覚えながら、ぼくはそこから去る。

自転車のところへは戻らない。ただブラブラと歩く。ペダルを漕ぐのでなく、足の裏で路面を蹴って進みたい。そんな思いがある。冷やされているのに熱が出ている。そんな感覚もある。

「アイム・アイスト・シヴィアリィ。バット・アイ・ハヴ・ア・フィーヴァー」

そうつぶやきながら、ぼくは緑地公園に入っていく。

追撃　根岸英仁

やはり木曜日ではないが、買出しに行く。

今日は買う物が多い。必要な物。不要な物。何でもいい。すべての物は、必要であり、不要だ。

ごま塩。洗濯バサミ。電池。耳かき。他多数。目に留まる物はどんどん黄色い買物籠に入れていく。最後は色鉛筆セットまで入れる。あれば使うかと思って。

レジでは、児島さんが目を丸くする。二流の演出家に目を丸くしろと指示を出された時にそれをやれば合格点をもらえること間違いなし、という具合に。

「どうしちゃったんですか？　今日は何の会？」

その問にはただ笑みで応え、俺は考える。

バーコード式のレジは会計が早い。これほど多くの物を買っても三十秒で済んでしまう。こちらがポケットから財布を出し、財布から紙幣や小銭を取り出すより早い。こんなことなら、魚の切身や挽肉（ひきにく）なんかも入れておけばよかった。そうすれば、それらをポリ袋に詰めてもらう時間が稼げただろう。

「あれ、猫飼ってるんですか？」

「どうして？」

「だって、これ、キャットフード」

「あぁ。飼ってないよ。ペットは禁止だよね、湊レジデンスは」

「そうですけど。飼ってないのにキャットフードを買うんですか？」

「うん。まあ、何となく。いや、そうじゃない。頼まれたんだよ、人に」

「ふぅん」

一万円札を児島さんに渡す。

「最初に大きい方から」と言い、児島さんが両手で素早く千円札を数え、六枚を俺に渡す。

千円札ですいません、と一々断らないとこに彼女と自分の距離の近さを感じる。

「あのさ」

児島さんがレジスターから小銭を拾う手を止めて俺を見る。何事かと、眼差し(まなざ)が問いかける。

「休みの日にでも、どこかへ遊びに行かない？」

「あぁ」と言って、児島さんは小銭拾いを再開する。

「行きたいとこ、ないかな。どこでもいいよ」

「うーん」

「ない？　近くでも、遠くでも」

互いの指が触れるか触れないかのとこで小銭を俺の手のひらに落とし、児島さんは言う。

「あの、ごめんなさい。わたし、そういうつもりじゃないんですよ」

「あぁ」と今度は俺が言い、左手と右手に持ってた小銭と紙幣をそれぞれパンツの左右のポケットに入れる。

児島さんは黙ってる。次に口を開くのは自分ではないと決めたかのように黙ってる。他の客がレジに来てほしいような来てほしくないような、そんな表情で。

「謝らなくていいよ」と俺は言う。「君のせいじゃない。君は何も悪くない」

といって、俺が悪いわけでもないよな。

そう考えながら自宅に戻り、買った物を置いて、すぐにそこを出る。

午後八時前。緑地帯が削り取られて広くなった歩道を歩き、角を曲がる。一戸建てが集まった区画に足を踏み入れる。

車二台がやっとすれ違えるかどうかといった狭い通り。両側に何軒もの家が連なってる。覗かれるのを覚悟の上で出窓をこしらえてみたり、ウッドデッキを庭に精一杯迫(せ)り出させてみたりといった滑稽な自己主張がここでも幅を利かせてる。そんな家々が、俺には、自らの重みで今にも倒壊しそうに見える。

見も知らぬ人々の家の前を通り過ぎる。一軒一軒のどれもが監視の目を光らせてるように思える。思えるだけ。今は大して気にならない。

通りの一番先。角地。一度だけ訪ねたことがあるその家の前に立ち、建物を正面から見据える。

一階がありその上に二階が載ってる、というのでなく、一階と二階が初めからつながってるような造り。よそで組み立てたものをそのまま運んできたようにも見える家。

脇にあるインタホンは無視して門扉を開き、敷地に入っていく。

一年前にはいた犬がいない。俺が門扉に手をかけたその瞬間から喧しく吠え出したあのシェパードがいない。

それは好都合だ。犬に吠えられるのは耐えられない。犬とその飼主はいつも俺を苛つかせる。構ってほしくて吠えてるだけよ。噛まないから大丈夫よ。バカもいいとこだ。そんなのは、あんたの主観でしかない。

ただ。昼は暑いから夜のこの時間に犬の散歩をしてるのだとしたら。もし本人がそれをしてるのだとしたら。ちょっと困る。

玄関のドアの脇にある旧型チャイムのボタンを押す。誰かが出てくるのを待つ。人の声も床を歩く音もサンダルを履く音もなしにいきなりドアが開く。

顔を出すのは女だ。目鼻立ちの整った女。そのために自意識過剰になる傾向の強い女。母親ではない。本人。被害者面で無駄に事を大きくしてしまった、本人。

「あっ」と女が俺を見て声を出す。戸惑い気味に言う。「何ですか?」

黙って女の目を見つめる。俺の目的は、しゃべることではない。

左手でドアを引き開けながら右手でナイフを取り出す。急にドアを引かれたことでバランスを失い、俺に身を寄せる格好になった女の柔らかな腹部を、刺す。一度だけ、深く。刺し貫くつもりで、深く。

女は掠れたような呻き声を出す。それから一気に体の力を抜いて、その場に崩れ落ちる。

束の間、過去のことを考える。一つ一つはまるで関連性のない断片的な光景が、多様な速度で脳裏を過っていく。

花壇に植えられてた向日葵が時季外れに咲いてたこと。漕いでたブランコから落ちて後頭部を強打したがやけに冷静であったこと。プールに飛び込もうとする女子の腋の下に一本の毛が生えてるのを発見したこと。車に撥ねられて路上に倒れてる自分の体を女がパンプスの爪先でつついたこと。数秒前、その女をナイフで刺したこと。

ドアに挟まり動かなくなってる女を一瞥する。

ナイフを抜かなかったためか、返り血はほとんど浴びてない。ただ、右手には少し血が付いてるので、犬小屋の脇にある水道の水でそれを洗い流す。

そして俺は家を後にする。滞在時間は推定二分。

来たのとはちがう方へ歩きながら考える。

犬の散歩には母親が出てるのだろう。もしかしたら父親も一緒に出てるのかもしれない。時間も時間だからということで。

ともかく。

女がいてくれてよかった。

悲鳴を上げなくてよかった。

だから近所の住人には何も伝わってないはずだ。

土曜日の夜。町は静かだな、と思う。静かなのにこうなるのだな、とも思う。

自分でも不思議だが。俺はやけに落ち着いてる。あの事故以来、こんなのは初めてかもしれない。いや、事故の前を含めても、ここまでの凪は初めてかもしれない。

どこか朗らかな気分にさえなり、俺は夜の散歩をする。犬はなし。一人での散歩だ。

何だろう。俺は全能感に満ちてる。今なら何でもできそうな気がする。デイトレーダーになって大儲けできそうな気もする。

「児島ちゃん、そうなったらどこ行く？」

そんなことを呟きながら、俺は緑地公園に入っていく。

反撃　入江弓矢

七対〇。

惨敗もいいとこだ。

失点が七ですんだのは、航陽がいたから。本当ならその倍はとられてもおかしくなかった。あれほどディフェンスがボロボロでは、極端な話、イタリア代表のキーパーがゴールを守ってたとしても大勢に影響はなかっただろう。

ただ、航陽は、嘘みたいなスーパーセーブを何度も見せてた。本当に運動神経がいいのだ。プロレスラー戸部栄純もかつてゴールキーパーをやってたという。運動神経がよくて自分の身を宙に投げだす勇気がある人にしかできないポジションなのかもしれない。

とにかく。相手が強豪校とはいえ、力の差があり過ぎた。個人の技術。スタミナ。メンタル。組織力。対等に戦える要素は何もなかった。

こちらのパスは五本に一本がつながればいいほうだったし、高いボールのトラップは相手のためにしてやるようなもんだった。ディフェンダーはファウルさえさせてもらえず、フォワードの歩馬はボールに触らせてさえもらえなかった。航陽ただ一人が健闘し、ただ一人健闘できたがゆえにもてあそばれた。

勝者はうれしくないし、敗者も悔しくない。要するにそんな試合だ。

暇つぶしにもならないその試合を観たあと、おれはショッピングモールのゲーセンでちゃんと暇つぶしをして、自宅に戻る。

シャワーを浴びたり、漫画を読んだり、充也の机から出したマツザワの写真を眺めたり、冷凍食品のえびドリアを食べたりし、家を出て玄関のドアに鍵をかけたのが午後七時すぎ。

エレベーターに乗り、一階のボタンを押す。

十二階。十一階。十階。九階。

そしてエレベーターが停まる。

八階から乗ってくるのは、たまにこうしてエレベーターに乗り合わせることがある女だ。歳は小夜より上。

エレベーターの奥に入ると、彼女は振り返り、壁に寄りかかる。

「こんばんは」と言ってくるので、

「こんばんは」と返す。

彼女はおれが知ってるその世代の女の中ではずば抜けてきれいだ。小夜みたいに目を引く派手さはないが、その代わり一つもマイナスポイントがない。

でも正直なとこ、おれは苦手。彼女はその世代のほかの女とはどこかがちがうのだ。

普通、その世代の女たちはおれを異なる世代のやつとして扱おうとするが、彼女はおれを自分と同世代のやつみたいに扱おうとする。どう考えても、それは不自然だ。

塾の帰りにエレベーターに乗り合わせるという偶然が四度続いたことがあった。

一度めと二度めは、おれが一階でエレベーターを待ってるとこへ彼女がやってきた。

三度めと四度めはその逆。特に四度めがいけなかった。

その日、彼女はエレベーターのボタンを押さずにそこに立ってた。そしておれが来たときに初めてボタンを押した。

たぶん、おれは訝しげな目つきで彼女を見たはずだ。

「考えごとをしてたら押すの忘れちゃった。バカね」と彼女は言った。

バカなのではなく、ある種の限られた点において少しイカれてるんだろう、とおれは思った。
二、三往復の会話を交わし、八階でエレベーターが停まると、彼女は言った。
「お茶でもいかが？」

もちろん、おれはこう返した。

「いらないです」

同じことが四度続いたら、それはもう偶然とは呼べない。塾からの帰りはいつも同じ時間になる。一階で待ってれば、おれは必ず来る。時間を知ってさえいれば、簡単に待てる。

次の日もまたその日と同じように塾の授業はあったのだが、おれは駅前の大型スーパーで三十分以上も時間をつぶしてから家に帰った。

でも今みたいにあとから乗ってこられたら逃げられない。

エレベーターの扉が閉まり、二人きりになる。

背後から彼女に見られてると思うと落ちつかない。さすがにこれは偶然だと自分に言い聞かせる。いくら何でも、おれがいつ家を出るかまではわからないはずだから。

「ちょっと散歩に行くの。夜の散歩」と彼女が言い、

「はぁ」とおれが言う。

あなたはどこへ？　そう尋ねられたらどうしよう、と思う。コンビニ、と答えるのが妥当ではあるが、わたしも、と言われたときに困る。

でも彼女はそんなことを尋ねる代わりに言う。

「あなた、弓矢君ていうのよね」

「はい」

「お兄さんとそっくりね」

「はい？」

「お兄さんとそっくり。言われない？」

「言われないです」

「あら、そう」

「実際、似てないし」

「似てるわよ。わたしはそっくりだと思うな」

それには何も言わない。言いようがない。

「お父さんはお元気?」

「まあ、たぶん」

ギリシャかどこかで適当にやってますよ。とこれは心の中で言う。

エレベーターが一階に着き、扉が開く。

開ボタンを押しつづけ、彼女を先に外に出す。

「ありがとう」

おれは小走りになり、すぐに彼女を追い越す。

そして通路を抜けて外に出ると、航陽の待つ歩道橋へ向かう。彼女に跡を尾けられたりしないよう、全速力で走って。


「なあ、あれ、会田じゃないか?」と航陽が言い、

「ああ。望だな」とおれが言う。

下の駐輪場で何かを探しながら歩いてるのは確かに望だ。

航陽が不安げに言う。

「まさか、あいつがチャリをパクったりはしないよな」

予感は的中する。

望はすぐに鍵のかけられてない自転車を見つける。ごく自然な動作でそれに乗り、ごく自然な速度で去っていく。

「おい、ほんとにやったぞ。それともあいつのチャリか？」

「いや、望のじゃないな。あそこに乗り捨てられてたやつっぽい」

「どうする？」

「ほっとこう。望が罠に掛かったわけじゃない」

「でも驚いたな。あいつがあんなことするなんて」

「やっぱりみんながイカれてるってことだよ」と言いはするが。

いいぞ、望、と思う。何だかゾクゾクする。

頭の中でバルトークの弦楽四重奏曲第四番が鳴ってる。わずか四本の弦楽器のみで奏でられてるとは思えない厚みのある音楽が頭蓋骨の隅々にまで行き渡り、その中心に位置する脳を激しく揺さぶってる。

といっても、それが本当にバルトークの第四番なのかはわからない。おれがそう考えてるだけで、もしかしたらそれはバルトークですらないかもしれない。でもそんなことはどうだっていい。そもそもおれはバルトークのわけのわからなさが好きなだけなので。

昨日、小夜にこう言われた。

あんた、絶対に人の自転車を盗ったりしないでよ。乗り捨てられてるのを借りるのもダメだからね。

その言葉が何故か頭に残ってた。

で、マツザワとあんなことになり、閃いた。

罠を仕掛けるという思いつき。

成果はそれだけで充分だと思ってた。

が、その罠に今、獲物が掛かろうとしてる。

バカそうな高校生の男があからさまに獲物を物色する目つきで辺りを見まわしながら、ゆっくりした足どりで歩いてくる。

獲物を物色する獲物。おれと航陽にはそいつが獲物になることがはっきりわかってる。仮に歩いて帰るつもりでいたとしても、目の前に鍵のかけられてない自転車を突きつけられたら手を出さずにいられないのがやつらなのだ。

男は一台だけポツンと置かれてるおれの自転車を見て進路を変え、それに向かっていく。歩きながらでも、鍵は車輪にでなくサドルにくくり付けられてることがわかるはず。要するに、かけ忘れだ。

男が自転車のハンドルをつかむその瞬間をおれと航陽どちらもがスマホで撮影する。

そしておれらはスタートを切る。

歩道橋を駆け下り、のんびり自転車を漕いでる男の背後に迫る。マンションのわきの小道に入るのを待って、ことを起こす。

まずは航陽が荷台をななめの角度から蹴り飛ばし、男を自転車もろとも転倒させる。男はマンションの敷地との境に張られた柵に叩きつけられ、全身でその柵を引っかくようにしてズルズルとアスファルトの路面に崩れ落ちる。

この不意打ちはいつも効果的だ。突然の衝撃とそれに伴う痛みはまちがいなく人を萎(な)えさせる。ここでしくじらなければ作戦は成功したも同じだ。

「イッテ〜」と男が路面に倒れたまま言う。

でも倒れた理由を把握できてないので、先は続かない。

おれと航陽はそれぞれ自転車の前後に立ち、肘だの膝だのをさすってる男を見下ろす。

「チャリ、おれのだよ」と言う。

男はおれを見て、航陽を見る。それからもう一度おれを見て、言う。

「あぁ。そうか」

「そうかって、それだけかよ」

「知らなかったんだよ」

「何を」

「だから、これがお前のチャリだって」

「おれのことを知らないのにこれがおれのチャリだと知ってるわけがねえだろ」

そりゃそうだとばかり、航陽がふふんと笑う。

男はバカな頭を限界まで働かせて考え、おれと航陽がこれまでに何度も聞かされてきた戯れ言を口にする。

「チャリを借りただけじゃねえかよ」

航陽が片手で荷台を引っぱり、自転車の位置をずらす。

男はそのおかげで自由になった右足を動かし、柵にもたれて座る。

「借りた？」とおれは言う。「返す気でいたってことか？」

「いたよ。すぐにじゃねえけど、駅に行くときにまた乗る気ではいた」

「それ、返すって言うか？」

「言うだろ」

「まったく同じ場所に戻す気でいたのか？」

「いたよ」

おれは無言。

航陽はまたもふふんと笑う。

何故自分がこんな思いをしなければならないのか。ただ家に帰ろうとしてただけなのに。鍵のかけられてない自転車があったから、乗って帰ろうと思っただけなのに。

不当な扱いを受けたやつの目つきで男はおれらを見てる。自転車をかすめ取る人間とそうでない人間では行動力があるという意味においてかすめ取る人間のほうがランクが高いと思ってるやつの目つきで。

下り電車が鉄道高架上を通過する。駅で停まるために速度を落としてはいるが、それでも互いの声が聞きとれなくなるほどの轟音(ごうおん)が響く。

立ち上がろうとした男の腕から肩にかけてを航陽が蹴る。

男はバランスを失って再び倒れる。

航陽はその背中を踏みつけ、さらに横から数発の蹴りを食らわす。

おれは男が体を丸めてしまわないようスニーカーの底を男の肩に載せ、すきを見てやはり何発かの蹴りをぶち込む。

電車が駅に停まり、発進したときにはもう、すべてが終わってる。

男は苦痛の呻き声を洩らし、どんな体勢で路面に横たわってればその苦痛を最小限に抑えられるかをひたすら模索してる。

おれと航陽は目を見合わせてうなずく。二人で自転車を起こし、航陽が前、おれが後ろに乗って、その場をあとにする。

約十分間おれの手を離れ、そして戻ってきたおれの自転車は、柵とガードレールに挟まれた小道を軽快に走る。

航陽の肩を片手でつかんで振り向くと、芋虫みたいに路面を這ってる男の姿が見える。

芋虫は少しずつ小さくなり、自転車が通りに出て曲がったことで視界から消える。

「善人の日じゃなかったな」と航陽が言い、

「あるもんかよ、そんなの」とおれが言う。


興奮は、簡単には冷めない。

航陽はどうか知らないが、少なくともおれはそうだ。

罠の成功ということもあるが、昨日の自室での体験もまた今になっておれの気分を高揚させてる。こんな状態が続いたら、小夜と顔を合わせたときに、充也のカノジョがおれにフェラチオしたよ、なんて口走ってしまいそうだ。

航陽とおれは、しばらくの間、自転車で町をグルグル走りまわる。

それはもう、巡回と呼ぶに相応(ふさわ)しい行為だ。おれらがそうやって流してるだけで、間抜けな自転車泥棒が他人の自転車を盗んでる現場やひったくり犯が若い女相手にひったくりをする現場に出くわしそうな気がする。

町は今やおれら二人のものだ。

航陽が漕ぐ自転車の荷台に立ち、そう宣言してやりたい。おれと航陽こそがこの飽和寸前の町を守ってるのだと。おれらがいなきゃ、盗まれては乗り捨てられる自転車がそこら中にあふれ、あんたらは身動きさえとれなくなってしまうのだと。

でもそこで航陽が不意に角を曲がる。

少しも速度を落とさないので、おれはあやうく自転車から振り落とされそうになる。

「停まりなさい！」という拡声器越しの声が響く。

そしてパトカーの赤い光がおれらの背後をよぎる。

ギリセーフ。

あぶないあぶない。

正義も、時には逃げなければならない。

でもどうにか逃げきった航陽とおれは、広い緑地公園の遊歩道をゆっくりと走る。

まあ、パトカーに止められてたとしても、問題はない。自転車のニケツをとがめられるだけ。

そうなったら、おれも航陽も、すいませんでした、これから気をつけます、とすんなり謝ってただろう。ついやってしまいました、出来心です、みたいな感じも出しただろう。で、解放されたあとに、嘘だよ、バーカ、と二人で言ってただろう。

航陽の後ろでそんなことを考えてると、前から高校生らしき四人組が歩いてくる。

こっちは自転車だから向こうが道を空けるはず。

でも彼らは道を空けない。それどころか、行く手をふさぐように広がり、立ち止まる。

航陽も、ブレーキをかけて自転車を停める。

いやな予感がする。

おれは航陽の左から相手の四人を見る。

どれも知らない顔だ。

四人のうちの二人の視線がおれを通り越して背後へと向かう。

それを追って振り向くと、植樹の陰からさらに四人の男たちが出てくる。

その中の一人、バットを手にした男は知った顔だ。それも今夜、ついさっき知った顔。あの男。芋虫。

計八人に、おれらは前後から挟まれる。

「どいてくれよ」と航陽が身じろぎもせずに言う。

「こいつらなんだろ?」と前方にいる一人が言い、

「こいつらだよ」と後方の芋虫が言う。

「どいてくれって」と再度航陽。

「降りろよ、コラ」と誰かが言い、

「降りろっつってんだよ」と別の誰かが言う。

おれが降り、航陽も降りる。

サイドスタンドを出して駐められた自転車を、こいつらなんだろ? と言った男が蹴り倒す。

そしておれらはにらみ合う。正確には、航陽と高校生たちがにらみ合う。

おれは背後からの突き刺すような視線を意識しながら、すぐ前にある航陽の大きな背中を見つめる。

Tシャツが汗で肌にへばり付いてる。盛り上がった左右の背筋に挟まれた背骨の辺りにだけ、ちょっとした空間ができてる。

マジでプロレスラーみたいだな、と場ちがいなことを思う。

「一人に二人でかかるってのはねえよな」

「まあ、二人に八人てのもねえけどさ」

「でもこの場合はありだよな」

「先に手を出したのはこいつらだからな」

やつらは口々にそんなことを言う。

他人の自転車を盗むことの罪については誰も触れようとしない。バカすぎて、それが罪だということを知らないのかもしれない。罪という言葉の意味さえ知らないのかもしれない。

「まずはチャリだな」

後方の四人の手でおれの自転車が高々と持ち上げられ、遊歩道の路面にガシャンと叩きつけられる。同時に、チン、とベルの音がしてハンドルが曲がり、ペダルから何かの部品が外れてわきの芝生に転がる。

「おもしれぇおもしれぇ」

「でも簡単には壊れねえな」

「やっぱ三輪車ほどは軽くねえよ」

「もう一回いこうぜ」

二回めは、手が十二本に増える。自転車が、一回めよりも軽々と持ち上げられる。

不意に航陽が芝生を横切って走りだす。

「あ、おい」と残る二人が言う。

自転車は力なく放りだされる。

何人かが追いかけようとするが、中三にして五十メートルを六秒台前半で走れる航陽はすでにかなり先へ行っている。大きかった背中があっという間に小さくなり、走りだそうとしてた何人かも、追いつけないことをすぐに悟ってあきらめる。

「あいつはほっときゃいいよ」と芋虫が言う。「ムカつくのはこっちのガキだよ。あのデカいのに守られてると思っていい気になりやがって」

その言葉には、自分たちの失態をごまかすのに充分な効果がある。散らばりかけてた八人が、もう自転車には見向きもせずにおれの周りに集まる。

考えようによっては、これはこの無能なやつらにとって絶好の形だ。

まちがいなく、こいつらは航陽を恐れてる。この場は人数の力でねじ伏せることができたとしても、航陽がそれで黙ってるはずがないことを、何とはなしに嗅ぎとってる。

「あーあ、逃げちゃった。あいつ、ほんとに友だちかよ」と一人が言う。

おれ以外の全員がヘラヘラと笑う。

「でもよ」と別の一人が言う。「あいつ、仲間連れてくるんじゃねえか？」

一瞬の沈黙を経て、芋虫が言う。

「だから早いとこやっちゃおうぜ」

要するにこいつらは本当のバカなんだ、と思う。

航陽に対しては特に腹も立たない。航陽におれを守る義務はないのだし、それを期待するほうがまちがいだということもわかってる。

航陽は仲間なんか連れてこないよ、と哀れなこいつらに教えてやりたい。航陽にとってこの件はこれで終わりだよ、と、そう教えてやりたい。どう嚙み砕いて話したところでこいつらには理解できないだろうけど。

航陽、マジでプロレスラーになんないかな。なって、こんなバカどもを、ちゃんとリング上でも叩きつぶしてくんないかな。何ならリング上でチャリを盗ませて、ボッコボコにしてくんないかな。航陽が中学生の今からその気で鍛えれば、マジで戸部栄純みたいなプロレスラーになれるんじゃないかな。

左右から両腕をがっちりつかまれる。上から肩を押され、その場にしゃがまされる。芋虫がおれを見下ろす。

目の奥に憎悪がある。離れてるのにわかる。暗いのにわかる。

あぁ、とおれは気づく。さっき出会ったばかりのおれに対しても憎悪は簡単に生まれるのだなと。

そしておれ自身には恐怖が生まれる。悪にも恐怖の感情があることを、おれは知る。それを知ったことで、自分が自分を悪ととらえてたことも知る。

芋虫がかわいそうなやつに見える。おれもそう見えてんのかな、と初めて思う。

ずっと気づかないふりをしてきたが。

芋虫が手にしてるバット。

子どもが使うプラスチックのそれではない。

金属。

目撃　入江充也

今日は宮代京子のところへは行かないと朝から決めていた。

今後はではなく今日はというだけの話だが、ともかくそう決めると、大学が夏休みに入ってからは初めて東京に出て混雑する土曜日の街を歩き回り、文庫本を買い溜めした。

午後四時過ぎに、瑞穂からＬＩＮＥのメッセージが来た。

〈九時に浜で〉

それだけ。

既読スルーにしようかと一瞬思ったが。

〈了解〉と返した。

浜というのは人工海浜。僕らがよく散歩デートをする場所だ。瑞穂がラヴを連れてくることもある。

ラヴは松沢家の飼犬のジャーマンシェパード。警察犬として活躍するあれだ。しかもオスなのにラヴ。その名前は瑞穂の母親が付けた。

九時というその時間からして、瑞穂はおそらくラヴを連れてくる。犬の前で別れ話をすることになるだろう。瑞穂が不機嫌になったら、ラヴが吠えるかもしれない。

などと考えながら湊レジデンスに戻って玄関のドアの鍵を開けたのが午後七時半。

自分の部屋に入るとすぐに、スマホの充電器やらティッシュペーパーの箱やらが動かされていることに気づく。

弓矢にしては手落ちだな、と思う。彼が見つけ出して得意になるような物は、この部屋にはもう何もないはずなのだ。宮代京子の部屋を知ってから、僕も不要物をことごとく処分するようになったので。

部屋を出ると、僕は弓矢の部屋の前に立ち、ドア越しに声をかける。

「ユミ。また出かけるから」

返事はない。

何の物音もしないので、ノックをした上でドアを開けてみる。

弓矢はいない。

部屋の乱雑ぶりはいつにも増して凄まじい。床には、服が脱ぎ捨てられているだけでなく、本や雑誌が無造作に投げ出されている。壁には、先週とはまた違うポスターが、わずかな隙間も作ってなるものかとばかりにベタベタと貼られている。

僕は部屋に足を踏み入れ、我が子ながら悪趣味よね、と小夜が言うそのポスターの数々を眺める。

普通なら、アイドルタレントや映画俳優やヒップホップミュージシャンやスポーツ選手のそれになりそうなものだが、ここにはその四つの範疇に収まる物が一枚もない。

唯一近いのはオーケストラの指揮者が指揮棒を振るところを単独で写した物だが、それ以外は、中学生が一体どこからこんなのを仕入れてくるのかと思わせる物ばかりだ。例えばヨーロッパの城だとか、造船所で完成を待つ船だとか。草の葉に止まるテントウムシのアップだとか、唾を飛ばして怒鳴っている男の顔のアップだとか。

足元に、ソフトボールよりは大きくハンドボールよりは小さい手縫いのサッカーボールが転がっている。不機嫌な時の弓矢が僕の部屋側の壁に投げ当てるボールだ。的はおそらく、宇宙から見た地球のポスターの地球。

僕はそのボールをベッドの下に軽く蹴り転がして、弓矢の部屋を出る。

それからすぐに家も出る。

数分の間に利用した人がいるらしく、エレベーターは二階に停まっている。

二階に上がるだけなら十三階からエレベーターを呼ぶより階段を使った方が早いだ

ろうよ、と思いつつエレベーターを呼び、やってきたそれに乗って一階に下りる。

その時刻でも、外はまだうんざりするくらい蒸し暑い。直射日光がないだけましとも言えるが、その代わり、昼にアスファルトに蓄えられた熱はこうして夜に放射されるのだということを体感させられもする。

子どもが遊ぶ広場の土地を半分にしてまで拡張した駐車場を抜け、駅の方へ歩く。

せめてサンドウィッチくらいつまんでおこうと思い、ファミレスに向かう。

だが店の前を通った時、窓際のテーブル席に知った顔がいくつかあるのを見つけて足は止まる。いや、正しくは、止まらない。

そうか、土曜だ、と気づき、店には入らずに通りを歩き続ける。

カウンター席で一人食事をしているところに寄ってこられて彼らのテーブル席に招かれ、今どうしてるだの昔はどうだっただのの会話をする気にはなれない。

そのまま通りをまっすぐ行けば、十五分足らずで海に出る。

もう行ってしまおう、と思う。この時間なら数キロ先にある各工場の煙突からモクモクと吹き出る白煙を目にすることもないだろうし、危険とは程遠い湾内の波と戯れるサーファーたちや彼らに声をかけられることが目的で海藻やらクラゲの死骸やらの脇に水着姿で寝そべる女たちを目にすることもないだろうから。

海は相変わらずの冴(さ)えない海。

防砂林を挟んですぐ後ろを走る片側三車線の道路沿いに配置された街灯や、一晩中消えることがない工場の照明のおかげで、浜はぼんやりと明るい。

だが予期した通り、夜の暗さが、ある程度までは様々な汚れを覆い隠してくれている。

そしてやはり土曜。浜にはまだかなりの数の人間がいる。

男女の二人連れというのがほとんどではあるが、よく見れば男二人というのもいるし、女二人というのもいる。タンクトップにハーフパンツで砂浜を走る人もいるし、ジャーマンシェパードではないが犬と戯れる人もいる。

浜で待ち合わせをする時はここ、と前から決めている東屋(あずまや)。その古びた木のベンチに座る。同様に古びた木のテーブルには二本の空缶とチョコレートの空箱が置かれている。

ここで一時間待ちか、と思う。風があって少しは涼しいから、まあ、よしとする。

瑞穂に何を話すか、それをゆっくり考えよう。何は話し、何は話さないのかを。

倒れたバケツからこぼれ出た水のような覇気のない波が、一応は海だから、といった感じにチャプチャプチャプと打ち寄せている。

かつてはこんな海でも毎年一人は溺死者を出していたという話を聞いたことがある。遠浅だが突然深くなったりもするのが原因だそうだ。

今、この人工海浜は、水質汚染がひどいという要素も加わり、完全な遊泳禁止区域になっている。

僕なら、禁止されるまでもなく、工場の煙突が見えたりごみが浮かんでいたりする海で泳ぎたいとは思わないが、中にはせっかく海があるのだから泳ぎたいという人たちもいるらしい。そんな人たちを諫めるべく、遊泳禁止と赤文字で書かれた看板が浜の各所に立てられている。

夜ということを差し引いても、人が泳げない海はどこか不気味だ。

人が泳げないということは、その水を飲んだり肌に触れさせたりするのは好ましくないということだ。その水を飲んだり肌に触れさせたりするのは好ましくないということは、つまり毒であるということだ。

その毒が、海という容易には制御できない圧倒的な存在となって、自宅から徒歩二十分のところに待ち構えているわけだ。そしてその毒を前に、僕と瑞穂を含めた多くのカップルが呑気に散歩デートをする。こんな海でも海は海、ということで。

土曜日の午後八時過ぎの浜辺は、決して静かではない。言い換えれば、静寂とは程遠い。

さっきから高校生と思われる数人のグループがバカ騒ぎをしていて、今まさにそのバカ騒ぎがピークを迎えようとしている。

彼らはロケット花火を海に撃ち込んだかと思うと、今度は火の点いた噴射型の花火を手に仲間を追いかけて辺りを走り回る。中の一人は、どこから持ってきたのかわからないまだ新しい幼児向けの三輪車に乗り、砂に車輪をとられて転んではゲラゲラ笑う。

「いくぞ!」と一人が言い、いくつもの花火に同時に火が点けられる。

ロケット花火が不特定の方向に飛び、皆が奇声を発して逃げ回る。近くにいた無関係なカップルも逃げ回り、犬とその飼主も逃げ回る。

三輪車の男が、叫び声を上げながら走り、その三輪車をザブンと海に投げ込む。

それを見た他の男たちがやはりゲラゲラ笑い、バタンと砂浜に倒れ込む。何人かはすぐに起き上がってまた走り回り、何人かは起き上がれずにヒーヒー笑い転げる。

見たところ、彼らは酒を飲んでいるわけではなさそうだ。それだけに、余計意味がわからない。夜であることと集団であること。それ以外に彼らが騒ぐ理由が見当たらない。彼らにしてみれば、二つもあれば充分、なのかもしれないが。

その内、スマホが喧しく鳴り、一人が電話に出る。

マジ？　という言葉が何度も繰り返され、二分ほどで通話は終わる。

散り散りになっていた他の男たちが自然と集まり、電話をしていた男がおそらくはその電話の内容について説明する。マジ？　という言葉がそこでも何人かの口から発せられる。

彼らは煙草の吸殻やら花火の燃えかすやら三輪車やらを残したまま、慌ただしく防砂林の向こうへ去っていく。

浜は途端に静かになる。カップルは愛の語らいへ戻り、犬と飼主は散歩に戻る。

僕は東屋のベンチから立ち上がって水際まで歩き、右の後輪だけを水面から突き出している三輪車を眺める。波が引いた時を狙って拾おうと思えば拾えないこともないが、そうする気にはならない。

このまま海水に浸かっていれば、金属の部分はあっという間に錆び、他の部分もあっという間に腐食してしまうだろう。だが三輪車の最期としては悪くない。

大体、三輪車は、子どもがそれに乗っている印象より、どこかに乗り捨てられている印象の方が遥かに強いものだ。人工海浜の汚れた海水に浸かる三輪車。汚れた海水をさらに汚すことに貢献する三輪車。この町の風景の一つとして、おかしなところは何もない。

そこで、スマホの着信音が鳴る。

タイミングからして瑞穂だろう、と思う。わたしやっぱり行かないとか、そんなことかもしれない。そう推測しつつ、画面は見ずに出る。

「もしもし」

「もしもし。充也君？　わたし」

瑞穂ではない。小夜だ。

「あぁ。どうしたの？」

「ねぇ、教えて」と小夜は早口で言う。声に不安が滲み出る。「充也君が付き合ってた子。カノジョ。確かミズホちゃんじゃなかった？」

「そうだけど。それが？」

「名字は何？」

「何、急に」

「ねぇ、何？　大事なことなの。何て名字？」

「松沢」

「マツザワ？　そうなのね？　マツザワミズホちゃんなのね？」

「そう」

「二丁目の、一戸建てに住んでる？」

「うん」

「あぁ、やっぱり」

「やっぱりって、何なの？」

一秒が過ぎ、二秒が過ぎ、三秒も過ぎる。電話における三秒の沈黙は長い。

「ねぇ、もしもし？」と僕は返事を促す。

小夜は応える。

「ミズホちゃん、刺されたの」

「は？」

「たぶん、駄目」

「駄目って、何」

「亡くなった、みたい」

「いや、だって、LINEが来たよ」

「いつ？」

「四時過ぎ、かな」

「刺されたのはついさっき。まだそんなに経ってない。救急車とパトカーが来て、大騒ぎになってるみたい。コジマさんから電話が来て、知ったの。下のコジマさん。パートが同じだった人」

「あぁ」

「彼女、フラワーアレンジメントの教室に知り合いと一緒に行ってるの。その知り合いが、マツザワさんと同じブロックに住んでるんだって。二軒隣だとか。その人がコジマさんに電話をかけてきたの。すぐ近くですごいことが起きてるって。で、コジマさんがわたしに」

「そう、なんだ」

「その辺りに住むミズホちゃんで、しかも二十歳過ぎの女の子だって言うから、もしかしたらと思って」

「家で刺されたの？」

「そうみたい。玄関で、なのかな」

ラヴは吠えなかったのだろうか。吠えたとしても、無駄か。つながれて犬小屋にいるのだし。

「刺したのは、誰？」

「それはわからない。警察は、わかってるのかどうか。ねぇ、どうする？」

「どうするって。おれもわかんないよ、急にそんなこと言われても」

「今、どこ？」

「海」

「海？」

「浜。ここで会うことになってたんだよ。九時にってＬＩＮＥで言われて。でも、来ない、というか、来られないってこと、か。確かなんだよね？」

「確かだと思う。人違いでもないはず。その知り合いの人は、外に出て救急車もパトカーも見たみたいだから」

「そうか」

「とりあえず、帰ってきて」

「うん」

「すぐよ」

「うん」

「じゃあね。待ってるから」

「うん」

そして僕は電話を切る。

動揺しつつ、考える。

瑞穂にＬＩＮＥのメッセージを出してみようか。いや、メッセージではない。ここは通話だろう。

だが。履歴が残るのは、いいのか？　まあ、いいのか。別れるつもりでいたとはいえ、一応はカレシ。約束もしてた。寧ろ残すべきだろう。

電話をかける。

瑞穂は出ない。

「停まりなさい！」

てっきり自分が言われたのだと思う。

突然の命令口調は中々効果的に僕をたじろがせる。というのも、ちょうど信号を無視して横断歩道を渡っていたから。

だがその言葉は僕に向けられたものではない。パトカーは僕から五十メートルほど離れたところを走っている。道路沿いに立つマンションが壁となって拡声器越しの声を反響させたらしい。

だから別に焦る必要はない。わかっている。

それでいて、念を入れておく必要があることも確かだ。パトカーに乗る警官たちには、堂々と信号無視をする僕の姿が見えていたはずだから。彼らが僕を相手に時間潰しをしようと考えてもおかしくない。

いや。事件が起きた今、警官がそんなことはしないか。あのパトカーも、その事件絡みでどこかへ向かうのかもしれない。

何であれ、今、つまらないことで止められて職質を受けたりするのは御免。僕は足を速めて横断歩道を渡り切り、歩行者と自転車以外は出入りできない通用門をくぐってマンションの敷地に入っていく。

自分とは無関係なマンション。その敷地内をその時間に歩くのは気分的に落ち着かない。

マンションは、新しければ新しいほど、外部からの侵入者を拒む雰囲気を色濃く醸すように造られている。狭い土地に無理に建物や駐車場を押し込んでしまうから死角だらけで見通しも悪く、どこをどう歩けば外に出られるのかさえわからない。

空間に何ら価値を見出さない人なら見事に無駄を省いた設計だと言うこともできようが、そうでない人からすればそこは単なるこぎれいな収容所だ。隣には三一数階建てのマンションが建設されているため、居住者はいずれベランダから広い空を眺めることすら許されなくなる。

三度も後戻りをした末にようやく見つけた通用門の脇には、二人の初老男性と一人の中年女性が立っている。

外に出ようとする僕に、男性の一人が声をかけてくる。

「何号棟にお住まいですか？」

「はい？」

「何号棟にお住まいですか？」と男性は同じ言葉を同じ調子で繰り返す。

「関係ないですよね」と僕が言い、

「ここは私有地ですよ」と女性が言う。

「A棟に住んでますよ」と僕。

「ウチは数字の一号棟二号棟ですよ」ともう一人の男性。

「でも僕はA棟に住んでるんですよ」

　そのまま行ってしまおうかとも思うが。僕はあえて言う。

「困りますね。住人以外の通り抜けは禁止と書いてあるじゃないですか」

「ここにだけ善人が住んでるとでも思ってるんですか？　でなきゃ、ここには善人だけが住んでるとでも思ってるんですか？」

　きょとんとした顔になる自意識過剰の三人を残して外に出る。

　すいませんね。カノジョが死んだばかりなので。

　そう言えばよかったかな、とふと思う。

　こんな夜にまで見張りをする。その努力は認めないでもない。だがこの通用門でしかそれをやらないなら意味はない。彼らはこのマンションの住人にも同じことを尋ねてしまうはずだ。住人が、出入りする度にそんなことを訊かれてうんざりしないわけがない。

　それとも彼らは、千人単位にもなる住人一人一人の顔を知っているとでもいうのだろうか。だとすれば、そのことの方が問題だ。顔写真付きの住人リストを独自に作っていたりするのなら。

それについて考えること自体がバカらしくなり、つい歩道に唾を吐く。

そして気持ちが混乱している時の常で、十六年前に亡くなった実母のことを考える。乳癌が見つかる。闘病する。死んでしまう。そんな流れで、母はまさにあっさり死んでしまった。僕が五歳の時だ。すべてはあらかじめ計画されていたかのように進み、母は入院後数ヵ月で僕の前から消えた。

その翌年、僕が六歳の時に父は小夜と再婚し、すぐに弓矢が生まれた。母が亡くなってから八ヵ月後のことだった。

当時、僕は自分の本当の母親と弓矢のつながりがよくわからなかった。よくわからないまま、弓矢を弟として受け入れ、小夜を新しい母親として受け入れた。そうせざるを得なかった。

小夜との関係は概ね良好だったが、弓矢とはそうもいかなかった。低い山の後には深い谷が来た。

弓矢が十歳の頃までは、僕らは歳の離れた友達のように、つまり他人のように仲がよかった。

だが弓矢が小学校の高学年になる頃から状況は少しずつ変わっていった。いくつかの段階を経て弓矢は僕とほとんど口をきかなくなり、次いで目を合わそうとすらしなくなった。

僕が滑り止めの三流私大にどうにか受かったのと時を同じくして、弓矢は私立中学の入試に受かった。

かわいそうなものを見る目で僕を見て、浪人しなくていいじゃん、とだけ弓矢は言った。そして今でも時々かわいそうなものを見る目で僕を見る。瞳の奥に、かろうじて抑制された激しい苛立ちを隠しながら。

急いでいたはずが、マンションを通り抜けたことで遠回りをする形になった。児童公園の柵に立て掛けられた自転車が目に留まる。おそらくは乗り捨てられたもの。鍵はかけられていないからそうだろう。

ならいいや、と思い、乗ってしまう。自分でもよくわからないが、普段はやらないことをやりたくなる。いきなり突きつけられた瑞穂の死が、間を置いてジワジワ来ているということなのか。

ペダルが内側にねじ曲がっているので漕ぎにくい。だが無理やり漕ぎながら、昨日小夜が弓矢に言ったことを思い出す。

絶対に人の自転車を盗ったりしないでよ。乗り捨てられてるのを借りるのも駄目だからね。

そう。乗り捨てられているのを借りたのだ。だからいい。二十歳を過ぎてそんな真似をするとは思わなかったが、罪の意識を感じることはない。盗まれた自転車がどこに乗り捨てられようと、盗まれた人が被る損害は同じだから。

近道をするべく、広い緑地公園に入る。十メートルは走る距離を短縮できるだろうと、二手に分かれた遊歩道の左を選んで自転車を漕ぎ進める。

木々の隙間から、右の遊歩道に集まった数人の男たちの姿が見える。

絶対にそうだとの確信までは持てないが、その内の何人かは浜辺でバカ騒ぎをしていた高校生たちのように見える。

彼らは一人を取り囲んで押さえつけている。身動きがとれないようにしている。その押さえつけられている一人は、弓矢であるように見える。その前にいる男はバットを持っている。野球で使うバットだ。

足をつけて自転車を停め、乗ったまま、そちらを見る。

兄の僕が弓矢に似ていると思うということは、弓矢なのだろう。

そして自分がいるのと同じ遊歩道の先にも一人の男がいることに気づく。

男といっても、中学生ぐらい。やはり立ち止まり、右の遊歩道を見ている。

彼がいるのはちょうど園内灯の下。横顔に見覚えがあることにも気づく。

同じ湊レジデンスの住人。弓矢と仲がよかった子だ。確か、会田君。すごく頭がいい子だと聞いたことがある。弓矢からではなく、小夜から。

不意に近くで音がするので、今度は後ろを見る。

すぐそばに男がいる。こちらは大人。僕よりも少し上ぐらいだ。

僕の視線を追ってということなのか、男も右の遊歩道を見ている。僕の方は少しも見ずに言う。

「あーあ」

僕に言ったわけではない。独り言だ。

男は植込みに入り、木々の間をすり抜ける。少しもためらわず、高校生たちに寄っていく。

すぐに男の声が聞こえてくる。

「警察ですよね？　間違いないですよね？」

その声は大きい。潜められてはいない。隠れて通報しているのではないのだ。明らかに、高校生たちに聞かせようとしている。自分が一一〇番通報したことを知らせようとしている。

男は続ける。

「事件です。事故じゃなく」「人が襲われてます。何人かにバットで殴られようとしてます」「高校生ぐらいだと思います。やられてる側は中学生かも」

それを聞き、高校生たちが口々に言う。

「おい、何だよ」「やめろよ」「ふざけんなよ」

だが男はやめない。ふざけている感じもない。

「公園です。湊レジデンスの近くの」「そこです。広いとこ。その遊歩道です」

高校生たちは焦る。

「マジでやめろって！」「ヤベえぞ！」「急げ！」

男は尚続ける。

「通りかかっただけです」「歩いてたら見えたので」「ネギシヒデヒトです」

何秒かして、えっ？　と思う。ネギシヒデヒトって、根岸英仁？　追いかけられたと瑞穂に勘違いされた、根岸英仁？

弓矢らしき男の正面にいる男が、手にしたバットをゆっくり振り上げ、素早く振り下ろす。

人間に対して振り下ろすからにはバットはプラスチック製なのだろうと勝手に決めつけていたが。それにしては芯のあるいやな音がする。はっきり言ってしまえば、金属音。

「うわうわうわっ！」「行くぞ！」「早く！」

弓矢らしき男がその場に倒れ、高校生たちは逃げ出す。

僕の先にいた会田君らしき男も歩き出す。

僕も自転車を漕ぎ出す。会田君らしき男とは違う方へ。もと来た方へ。

だからネギシヒデヒトがその後どうしたのか、それは知らない。

近道をするはずが、結局は回り道。自分が急いでいるのかいないのかよくわからない。多くのことがあり過ぎて、もう何が何だかわからない。何がどうなったのか。自分は何をするべきなのか。

会田君らしき男は、ただ歩き出した。高校生たちと違い、逃げ出した感じではなかった。弓矢らしき男を助けようとはしなかった。倒れた彼のもとへ近寄ろうともしなかった。

ということは、会田君ではなかったのか。

それとも。

弓矢を見捨てたのか。僕みたいに。

そして、ネギシヒデヒト。

何なのだ。

僕より後に来た。僕以上に、事情を理解してはいなかっただろう。だがためらわなかった。僕のことは見もしなかった。これはマズいですよね、などと声をかけてきもしなかった。すぐに高校生たちの方へ向かっていった。自信に満ちているように見えた。自分も襲われるかもしれなかったのに。弓矢と血がつながっているわけでもないのに。

本当に、何なのだ。ネギシヒデヒトも。僕自身も。

駅前で自転車を乗り捨てると、それからは急ぐ。小走りで湊レジデンスに向かう。小走りはやがて全力疾走になる。そんなのは久しぶりなので、すぐに息が切れる。全力ではなくなる。だが走るのはやめない。

エントランスホールに入る。エレベーターは、僕の到着を待ち侘(わ)びていたかのように、一階に停まっている。

乗り込み、閉ボタンと十三階のボタンを続けて押す。

扉が閉まり、エレベーターが上昇を始める。

三階、四階、五階、と来て、六階を通り過ぎたところで八階のボタンを押す。

いつもなら停まるタイミングだが、エレベーターは停まらない。

ふと思い出す。僕が一階から乗ったエレベーターに父が八階から乗ってきて不思議に思ったことを。そんなことが、過去に二度あったことを。

あなたのお父さんのこと、知ってるの。

宮代京子がそう言っていたことも思い出す。

その二つが、確証はないまま結びつく。確証はないが、二度は多い。父は頻繁に八階からエレベーターに乗っていたということだろう。僕が乗り合わせていない時も。何度も。

エレベーターが十三階で停まる。ドアが開く。

僕はそこでもう一度八階のボタンを押してから、降りる。

そして今度は自宅、一三〇一号室のインタホンのボタンを押す。

チャイムへの小夜の反応は早い。エレベーターが下降を始めるのとほぼ同時にドアが開く。

どう声をかけていいかわからない、といった小夜の表情と潤んだ目を見た途端、初めて経験する種類の猛々(たけだけ)しい反動が来る。

その反動は死に対するものではない。瑞穂の死は、ただのきっかけにしか過ぎない。

三和土(たたき)に入ると、僕は小夜を抱き寄せる。

背後で玄関のドアが閉まる。

小夜が突っかけていたサンダルが、後退した弾みに脱げる。

小夜の唇を吸う。そうするのが当然であるかのように吸う。これが僕のするべきことなのだと思う。間違いだと知りながらも、そう思う。

つまるところ、すべてがあり得るのだ。
これまでの遅れを取り戻すかのように、僕は激しく小夜の唇を吸う。
少しずつではあるが、小夜の体から力が抜けていくのがわかる。
すでに始まっていた夜が改めて始まったのを感じる。

エピローグ　諦観（ていかん）

湊レジデンスA九〇三号室。そのドアが開く。

「根岸英仁さん？」と警部補が言い、

「はい」と根岸英仁が言う。

警官二人が素早く、だが穏やかに根岸英仁の両腕をつかむ。

残る一人は何もしない。根岸英仁が抵抗した場合に備える。

「嘘をついて失礼。我々は宅配便業者ではなく、警察です。何で来たかは、わかりますね？」

「何となく」

「松沢瑞穂さん殺害の容疑で、あなたを逮捕します」

「あぁ。明日の夜は、バイトなんですけど」

「うーん。それは、休んでもらわなきゃいけないでしょうね。というより、辞めてもらわなきゃいけないかな」

「そうですか。まあ、いいです。そろそろ辞めようとは思ってたんで」

言いながら、根岸英仁は、両親が帰省中でよかった、と安堵する。彼らは善良な人たちだ。自分の息子が悪運に見舞われたとしか言いようがない形で轢き逃げ事故に遭うだけならまだしも、それに端を発した殺人事件の犯人として捕らえられる現場に居合わせるなんて酷なことにはとても耐えられないだろう。

そして思う。それにしても、社会とかいうこの得体の知れない世界はすごいよな。何か罪を犯せば、こうやって顔も名前も知らない誰かがちゃんと捕まえに来るんだから。いや。四人の内の一人。話してるのでも腕をつかんでるのでもない警官の顔。知ってるな。何年か前、原付バイクをわざわざ追いかけてきて違反切符を切った奴だ。たぶん、向こうは気づいてない。が、いいようにやられた側は忘れない。まさかこんな偶然があるとは。何だよ。まだナイフを持っとけばよかったな。どうせならこいつも刺せばよかったな。

「どうしてあんなことしたの」と警部補が尋ねる。「答えるのは、署に着いてからでいいけど」

根岸英仁は答える。

「こんな狭苦しいとこでは、二年に一度は殺人事件が起こるんだよ。それはもう決まってることなんだよ。ただ、そうは言っても一晩に二件は多いよな。あの中学生は、まだ生きてる？」

解　説　小野寺史宜という作家の、もう一つの道がここにある――

北上次郎（書評家）

何なんだこれは！

小野寺史宜『レジデンス』を読み終えて、ただいま私、混乱している。これが本当に、小野寺史宜の作品なのか。

というのは、塾帰りの中学生が夜道で女性を襲う場面が冒頭早々に出てくるのだ。しかもそれが5回目の襲撃で、財布の中身が7000円であるのを知って今回は負けだと、この中学生、会田望は考える。つまり今回が初めてではなく、慣れているのだ。やがて明らかになることだからここに書いてしまうが、会田望は非行少年というわけではなく、優等生である。

襲撃のあとはいつものように肌が火照る、というのもなんだかリアルだ。しかしこのシーンはまだ終わらない。興奮が醒めやらないまま次の襲撃プランを練っていると、女子高生が声をかけてくる。

「駅のほうまで行かない？」

「行かないことはないけど」

「よかった。じゃあさ、後ろに乗せて」

何なんだこの展開。その女子高生、児島理絵は私立高校の二年生。会田望は中学三年生であるから、彼よりも二つ年上だ。

「そうだ。ねぇ、お礼に何がしてほしい？」

と言う児島理絵に、

「セックスがしたい。セックスさせてくれよ」

と会田望が言うのがこの項のラスト。これが本当に、小野寺史宜の小説なのか。

しかも、これから何が始まるんだろうとページをどんどんめくっていくと、中学生や高校生、フリーターなど、いろいろな若者が次々に出てきて、殴ったり、襲ったり、盗んだり、盗まれたり、セックスしたり、小野寺史宜の小説ではけっして起こらないようなことが次々に始まっていくのである。急いで書いておくが、会田望がそうであるように、出てくるのは普通の若者たちだ。非行少年ではけっしてない。いや、一人歩きの女性を襲って金品を強奪するのだから、とても普通とは言えないか。だから、悪の面を隠している子供たちと言い換えよう。とにかく、小野寺史宜らしくない。口淫シーンまで出てくるから驚く。

本書は、小野寺史宜がデビュー前に小説野性時代新人賞（当時は、野性時代青春文学大賞）に応募した「湾岸宮殿」という作品を全面改稿した作品である。どの程度、直したのかは、候補作として野性時代（２００６年９月号）に載った「湾岸宮殿」と比較してみないとわからない。

ただ一つ確実なのは、２００６年に「裏へ走り蹴り込め」で第86回オール讀物新人賞を受賞（乾ルカと同時受賞）し、さらに２００８年に『ＲＯＣＫＥＲ』で第３回ポプラ社小説大賞優秀賞を受賞して（ちなみにこの年の大賞はなし。特別賞が真藤順丈「ＲＡＮＫ」と伊吹有喜「夏の終わりのトラヴィアータ」で、候補に、千早茜「魚」があったというから、すごい年だ）単行本デビューした小野寺史宜という作家の、もう一つの道がここにあることだ。もしもこの作品で、小説野性時代新人賞を受賞していたら、小野寺史宜はどこへ向かっていただろう。

私は、小野寺史宜のほぼ全作品を読んでいる。ほぼ、というのは一作くらい読みおとしている作品があるかもしれないからだ。しかし、まあだいたいは読んでいる。そういう小野寺史宜フリークは私だけではないと思うが、それらの同好の士にぜひ本書をすすめたい。

成績優秀でありながらひったくりを繰り返している中学生を始め、湾岸に立つマンション「湊レジデンス」に住む四人の夏の３日間を描く本書は、これが本当に小野寺史宜の作品なのかと驚く小説ではあるけれど、しかしやっぱり小野寺史宜の濃厚な香りが匂い立っている。
そうなのである。描かれていることは小野寺史宜らしくないことばかりだが、たとえばこの長編の作者名を伏せて読んでも、小野寺史宜フリークなら作者名を当てられるのではあるまいか。それがなんとも興味深い。

本解説は、二〇二二年八月にカドブンにて掲載された書評を再収録したものです。

本書は、二〇二二年八月に小社より刊行された
単行本を加筆修正のうえ、文庫化したものです。
本書はフィクションであり、実在の人物・団体
とは一切関係ありません。

レジデンス

小野寺史宜（おのでらふみのり）

令和6年 12月25日　初版発行

発行者●山下直久

発行●株式会社KADOKAWA
〒102-8177　東京都千代田区富士見2-13-3
電話　0570-002-301（ナビダイヤル）

角川文庫 24454

印刷所●株式会社暁印刷
製本所●本間製本株式会社

表紙画●和田三造

ISBN 978-4-04-115028-3　C0193

◇◇◇

角川文庫発刊に際して

角川源義

第二次世界大戦の敗北は、軍事力の敗北であった以上に、私たちの若い文化力の敗退であった。私たちの文化が戦争に対して如何に無力であり、単なるあだ花に過ぎなかったかを、私たちは身を以て体験し痛感した。西洋近代文化の摂取にとって、明治以後八十年の歳月は決して短かすぎたとは言えない。にもかかわらず、近代文化の伝統を確立し、自由な批判と柔軟な良識に富む文化層として自らを形成することに私たちは失敗して来た。そしてこれは、各層への文化の普及滲透を任務とする出版人の責任でもあった。

一九四五年以来、私たちは再び振出しに戻り、第一歩から踏み出すことを余儀なくされた。これは大きな不幸ではあるが、反面、これまでの混沌・未熟・歪曲の中にあった我が国の文化に秩序と確たる基礎を齎らすためには絶好の機会でもある。角川書店は、このような祖国の文化的危機にあたり、微力をも顧みず再建の礎石たるべき抱負と決意とをもって出発したが、ここに創立以来の念願を果すべく角川文庫を発刊する。これまで刊行されたあらゆる全集叢書文庫類の長所と短所とを検討し、古今東西の不朽の典籍を、良心的編集のもとに、廉価に、そして書架にふさわしい美本として、多くのひとびとに提供しようとする。しかし私たちは徒らに百科全書的な知識のジレッタントを作ることを目的とせず、あくまで祖国の文化に秩序と再建への道を示し、この文庫を角川書店の栄ある事業として、今後永久に継続発展せしめ、学芸と教養との殿堂として大成せんことを期したい。多くの読書子の愛情ある忠言と支持とによって、この希望と抱負とを完遂せしめられんことを願う。

一九四九年五月三日